離婚覚悟の政略身ごもり婚

～敏腕外科医と再会したら、一途愛を注がれ赤ちゃんを授かりました～

marmaladebunko

望月沙菜

JN054795

マーマレード文庫

目次

離婚覚悟の政略身ごもり婚
〜敏腕外科医と再会したら、一途愛を注がれ赤ちゃんを授かりました〜

離婚覚悟の政略身ごもり婚

～敏腕外科医と再会したら、一途愛を注がれ赤ちゃんを授かりました～

1　その縁談お受けいたします

「お待たせいたしました。こんな感じでよろしいでしょうか？」

そう言って私が差し出したのは、アンティークピンクのバラと同系色のラナンキュラスの花束。

お客様は男性で、奥様へのプレゼントだそうだ。お花を買うことに慣れていないのは、お店に入る時のぎこちなさですぐにわかった。

こちらからピンク系を提案すると、迷うことなく大きく頷いた。

出来上がった花束をお客様に確認してもらうと、

「すごくいいです」

満足そうな反応に安堵しながら、わざとくしゅくしゅにしたワックスペーパーで花束を包み、何本にも束ねたラフィアで結ぶともう一度確認してもらう。

花束はラッピング一つで見え方が変わる。

「これなら妻も喜ぶよ」

「ありがとうございました」

お客様が笑顔で店を出ていくと、私は心の中で小さくガッツポーズをした。

やっぱりこの仕事が大好き。

そうそう、申し遅れました。

私は椎名音月《しいないつき》。フラワーショップ「プリムローズ」で働く二十六歳。

フランスでフラワーショップを営んでいる初老のフローリストのドキュメンタリー番組を見て、花に興味を持った私は、高校在学中にこの店でアルバイトを始めた。

たくさんの種類の花、そしてその花たちを素敵に見せるフローリストという仕事がますます好きになった。

高校を卒業すると花の専門学校に通い、卒業後はそのままこの店に就職した。

フラワーショップのイメージって花を売るだけだと思われているかもしれないが、基本水仕事だから意外と重労働。

朝は早いし、お花の水換えや水揚げで、手荒れはオールシーズン。何より花が主役だから、冬場なんて店内の温度は上げられない。花の名前を覚えるのも苦労したし、大きなイベントがある時などは、夜遅くまで作業が続くこともある。

うちの店は割と大きな店なので、鉢植えや観葉植物などもたくさんあるから水やりだけで腰が痛くなる。

でもさっきのお客様のように笑顔が見られると、嬉しい。

最近は生花の他にアーティフィシャルフラワーというリアルな造花を使った花束やフラワーリースなども人気があり、プリムローズでもネット販売を始めたが、評判がとてもよい。

だからもっとみんなに花のある生活を楽しんでもらいたいと思って頑張っている。

「音月ちゃん、交代するわ」

「はい」

十二時頃、オーナーの澤田《さわだ》さんと交代し、お昼休憩に入る。

水筒をテーブルの上に置き、備え付けの冷蔵庫から取り出したお弁当を温め直すと、椅子に座った。

早速お弁当を食べようと箸を持ったその時だった。

テーブルの上に置いたスマートフォンからブーブーと振動音が聞こえた。

画面には『母』の文字。母が私の仕事中に電話をかけてくることはほとんどない。

そんな母からの突然の電話に、ドキッとしてしまった。

別に喧嘩をしているわけではない。

母との関係は極めて良好。

ただ……今はわけあって別々に暮らしている。

私はスマートフォンを持って、店の裏口から外に出てから電話に出た。

「もしもしお母さん？」

『ごめんね。急に電話して。仕事中だった？』

「ううん、ちょうど休憩に入ったところ」

『よかった。ところで急で申し訳ないんだけど、今日仕事終わりに家に寄ってくれないかしら』

「……家に？」

私の声のトーンが微妙に低くなる。

『お父さんが、あなたに大事な話があるって言っているの』

「……そう……わかった」

『よかった〜。じゃあ待ってるわね』

ホッとしたのか、母の声が弾んでいるように聞こえた。

でも私は気が重かった。

私の父……正確に言うと義父だ。

三年前、母は再婚した。

私が五歳の時に父は交通事故で亡くなった。

それから母は一人で私を育て、経済的に厳しかったはずなのに、お金のかかる専門学校まで通わせてくれた。

だから母が再婚したいと言った時、手放しで喜んだ。

ところが母の再婚相手というのがすごい人だった。

誰でも一度は聞いたことのある大手都市銀行「ひので銀行」の頭取だったのだ。

母がどんな経緯で彼と出会ったのかはわからないが、2DKの古いアパート暮らしだった母からすればまさにシンデレラストーリーだった。

おまけに向こうは初婚というのだから、二重の驚きだ。

初めて訪れた頭取の家は、言うまでもなく豪邸だった。

大きな鉄格子の門をくぐると綺麗に手入れされた庭が広がり、その先にある家は歴史を感じさせる洋館だった。

昔の貴族が住んでいそうな感じといえばわかるだろうか。

出迎えてくれたのは父になる頭取と、家政婦さん。

内装は今風にリノベーションされており、外と中のギャップに驚いた。

二人は私を驚かせようと、私の部屋のコーディネートをプロに頼んで素敵な部屋を用意してくれた。

だけど、私がこの家で暮らしたのは短い間だった。

その理由は、狭い部屋から急に広くなった家になじめなかったことと、二十歳をすぎて突然できた父親とどう接したらいいのかわからなかったからだ。

多分、義父も同じ思いだったと思う。

初婚なのに突然二十歳過ぎの娘ができたら、戸惑うに決まってる。

それにせっかく再婚して幸せを掴んだのに、私のせいで両親がぎくしゃくするのは申し訳ないと思い、結局私は義父の家を出て、一人暮らしを始めた。

もちろん最初は母に大反対された。

「あなたが嫌ならお母さんは再婚しなかったよ。お母さんにとって一番大事なのは音月なんだから」

私を育てるために母はいろんなことを犠牲にしてきた。本当だったらもっとおしゃれをして、友達とランチに行ったり、旅行だってしたかったはず。

だけど母は贅沢などせず私を育て上げてくれた。

「私は本当にお母さんが再婚したことを喜んでいるんだよ。私は大丈夫だから安心して」

やっと掴んだ幸せの邪魔をしたくない。

結果的に私は条件付きで一人暮らしを許された。

実家から徒歩で二十分圏内で、セキュリティーのしっかりしたマンションだ。

朝は早く、帰宅しても疲れてすぐに寝てしまうだけの毎日。

母とは休日の時にたまに会っていたが、外で会うことがほとんどで、実家に顔を出すことはほとんどなかった。

「一、二、三、四……四？」

指折り数えていると、

「音月ちゃんなに数えてるの？」

と尋ねられた。

顔を上げると、もう一人のスタッフで先輩の杉浦《すぎうら》さんが、マグカップを持って不思議そうにこっちを見ていた。

「いいえ、実家に帰っていない期間を数えてたんです」

先輩は頷きながら私の向かい側に座った。

この店で働いている間に、母が再婚して苗字が織田《おだ》から椎名に変わった。

だがこの店の人は私が、銀行の頭取の娘になったことを知らない。

「なんかあったの？」

先輩が興味津々に尋ねる。

「義父《ちち》から話があるらしく、仕事が終わったら寄って欲しいって言われて……」

「お義父《とう》さんと普通に会話できるようになったの？」

私は首を横に振った。

私と義父がぎこちない関係だということを先輩たちは知っている。

「どうしても緊張しちゃうんですよ」

「そっか～難しいね。それにしても話ってなんだろうね」

「はい……」


仕事を終え、憂鬱な気持ちで実家へ向かう。

母が、たまには顔が見たいというのなら、ここまで憂鬱にはならなかった。

義父から話があるなんてことは今回が初めてで、いつにも増して気が重くなるのだ。

大きな鉄格子の門の前で私は大きく深呼吸をすると、インターフォンを押した。

「いらっしゃい。もう、全然顔見せてくれないから～」

モニターで確認したのか、母は玄関のドアを開けると門の前まで駆け寄ってきた。

「忙しかったの。相変わらず」

母が再婚する前も後も、私の生活は基本変わっていない。

「そうだったわね。それよりご飯食べた？」

「まだだけど……」

そう返事したものの、明日も仕事だし正直あまり長居したくない。

ご飯なら、マンションに帰ってからでも全然いいと思っていたけど。

「だったら食べていってよ。音月の好きなカレーを作ったのよ」

――母の作ったカレーなら食べたいかも……。

「でも話があるんだよね？」

「あるけどお父さんまだ帰ってきてないから……ね、先に食べて」

「ありがとう。じゃあいただこうかな。ついでに持ち帰り用も欲しいな」

「わかってるわよ」

義父が帰ってくる前に母のカレーを堪能する。

「ああ～。やっぱり美味《おい》しい」

「市販のルーよ」

「そうだけど、これが我が家の味なのよ」

母のカレーは二種類の市販のカレールーを入れて作る。

古い二階建てのアパートに住んでいた時、階段を上ってる途中でも母のカレーだとすぐに気づいたものだった。

だから部活で疲れていても、カレーの匂いがすると階段をダッシュで駆け上がったものだ。

「家政婦さんはいるんだけど、料理ぐらいは自分で作りたいのよ」

再婚してセレブになったけど、母は基本変わっていない。

今着ているブラウスとスカートだって、再婚する前から着ているものだ。

「お義父さんが買ってくれた服がたくさんあるんじゃないの？」

「あるわよ。でも私はこういう着慣れた服の方が落ち着くの。それより……今日泊まっていかない？」

「……そうしたいけど明日も仕事だから」

するとチャイムが鳴った。

「帰ってきたわ」

「え？」

一気に緊張が走る。

だが母もなんだか、同じような雰囲気をまとっているようだった。

母と一緒に玄関へ向かい義父を出迎える。

「おかえりなさい」

母は笑顔を向け、私は軽く会釈をした。

すると義父と目が合う。

「元気そうだね」

相変わらずぎこちない口調。

「はい」

仲のいい親子ならきっと、元気だよと明るく答えるのだろうが、そんな日が来るのかな？

リビングへ向かう義父の背中をそんな気持ちで見ていると、母が軽く肩を叩く。

「ほらっ、行きましょう」

「……うん」

重い足取りでリビングに入ると義父は黒い革張りの一人掛けソファに座った。

限りなく六十代に近い五十代。

中肉中背で髪の毛の八割が白髪。黒縁メガネに白髪まじりの髭に愛嬌ゼロの無表情。

頭取の威厳はあるけれど、私の前で笑った顔など見たことがない。

母には悪いけど、なぜこんな無愛想な人と結婚しようと思ったのか私には謎だ。

三人掛けのソファに座ると、母はその隣に座った。

静まり返った広いリビング。

久しぶりに会う家族の団欒とは言い難いほどの重い空気。

――帰りたい、と心底思ったその時だった。

「突然だが、君に縁談話がきている」

義父が私に目線も合わせずに告げた。

何を言っているのこの人は、と最初は思った。

まさかそれが、自分にきた縁談だとは思いもしなかったからだ。

かといって義父に『何？』と気安く聞き直すほどの関係には至っていないので、母を見た。

母は申し訳ない表情を浮かべながら小さく頷いた。

その顔を見て、自分にきた縁談だと理解した。
義父は、釣書の入った大きな封筒を私に差し出した。
「ぜひとも頼むがこの縁談を受けて欲しい。相手は申し分のない男性だ」
義父の言い方は決して命令ではない。ただ、圧というのか断れない空気があった。
そもそもなんで急に縁談話が舞い込んできたの？
私は今の仕事が大好きだし、店を持ちたいという密かな夢も持っている。
だから結婚願望もないし、考えたこともなかった。
せめて打診をしてほしかった。
結婚する気はある？　とかいろいろあるじゃない。
私は母がどんな人と再婚しても反対しなかった。
だって結婚って好きな者同士がするものじゃないの？
義父と母が一番わかっていることなんじゃないの？
どうして？
私は助けを求めるように母を見たが、母は下を向くばかり。
そんな話があるとわかっていたら、ここにはこなかった。
そう思わずにはいられないほど、心の中が灰色になっていく。

母の様子を見る限り、この縁談は絶対に断れないようだと思った。

お相手は、義父の古くからの知り合いである病院の院長の御子息とのこと。

その病院のある地域では区画整理が進められ、マンション建設ラッシュで子育て世代が急増。

それに伴い、病院は病棟増設と最新機器の導入を検討していた。

その一方で、この縁談のお相手であるもうすぐ三十五歳を迎える院長の御子息は、結婚に全く興味がなく仕事に没頭する毎日だそうだ。

将来のことを考えると、一刻も早く息子に結婚をしてもらい、孫の顔が見たいと院長は古くからの友人である義父によく話をしていたのだそうだ。

そんな矢先、義父が母と結婚。

それから三年後、病院のアップグレードが決まり、融資先を検討し始めた時、義父が結婚した時に成人した娘ができたことを思い出した。

病院の経営状況は、人口増加によって右肩上がり。

設備導入のための融資も、ひので銀行を始め複数の大手メガバンクから申し出があり決めかねていた。

そこで義父は、ひので銀行からの融資と引き換えに縁談を受け入れたということだった。

当事者抜きで親同士が勝手に話をつけた縁談。

親同士は願ってもない話かもしれないけれど、結局これって政略結婚のようなものじゃない。挨拶程度の会話しか交わしたことのない他人に近い義父に、私の将来を決める権利があるというの？

母には悪いけど、こんな将来が待ち受けているとわかっていたら私は母の再婚を認めなかった。

だけど一番許せないのは私自身だ。

自分の思っていることをぶつけられない。

私が何かを言ったことで、娘の育て方を間違ったなとか言われたら一番悲しむのは母だ。

それならやっぱり従うしかないんだよね。

義父は淡々と話を続ける。

「君にとっても決して悪い話ではない。わたしも彼には何度か会ったことがあるが、かなりの好青年だ」

そして封筒の中身を取り出した。

「釣書はあとでじっくり目を通すといい。彼の名前は桜沢《さくらざわ》……周侍《しゅうじ》くんだったかな。外科医をしている」

——え？

私は自分の耳を疑った。

釣書はあとでじっくりと言われたが、私はその場で釣書を見た。

何も知らない義父は、

「おお、気に入ったか？」

と、うっすらとだが笑みを浮かべた。

でも本当はそうじゃない。確かめたかったのだ。

——や、やっぱり……先生だ。

信じられなかった。

まさか縁談相手が桜沢先生だったなんて。

親同士が進めようとしている縁談。そのお相手は私のかつての主治医であり、初恋の人だった。

遡ること六年前。

もうすぐ二十歳を迎えようとしていた私は、ある日、喉に違和感を覚えた。

首に手を当てさすると、何か腫れているような感じがしたのだ。

ものを飲み込みにくいとか、喉が痛いなどの症状は一切ないものの、明らかに腫れている。

不安になり母に相談すると、病院で一度診てもらった方がいいと言われた。

まずは近所の耳鼻科で診てもらうことにした。

だけど特に異常はないと言われた。

それでも違和感が消えない私は、内科を受診した。

そこで甲状腺が腫れているかもしれないと言われた。

甲状腺という名前を、この時初めて聞いた。

先生は、西桜沢総合病院の内分泌内科に週に一回甲状腺の専門医が外来でくるので、一度診てもらうといいと言って紹介状を書いてくれた。

喉に違和感があるだけで特に症状のなかった私は、軽い気持ちで診察を受けることにした。

最後に西桜沢総合病院に行ったのは、私が小さかった頃。

夜中にお腹が痛くなって救急外来で診てもらったぐらいで、病院の世話になったことはほとんどなかった。

久しぶりの病院は、移転してさらに大きくなり、とても綺麗で立派な病院になっていた。

それにしても、個人病院が増えてもここにくる患者の数はすごい。

入り口前のロータリーにはタクシーが何台も待機しているし、バスの停留所もある。車椅子も何台も用意されていて、ボランティアの人が患者さんのサポートをしている。

そんな病院に入ると大きなエントランスがあった。

右手にはエスカレーターがあり、左手には総合案内所と受付や会計があった。

診察券のない私は、新患受付で診察券の発行をして、その場で診察予約をした。

いざ、内分泌内科に行こうとしたのだが、初めてだからどこに内分泌内科があるのかわからず、まずは院内マップを探していると、

「どうかしましたか？」

身長百八十センチぐらいの長身の白衣を着た男性が声をかけてきた。

清潔感のあるさらさらの髪に、きりりとした眉、ドキッとするような綺麗な目と整った唇。右目尻にある小さな黒子《ほくろ》がセクシーだ。

その完璧な容姿に思わずうっとりしてしまった。

「す、すみません。内分泌内科に行きたいんですが場所がわからなくて」

かっこよすぎて顔が見られない。

「内分泌内科は、この前の通路の突き当たりを右に曲がったところにあります」

指をさして丁寧に説明してくれるのだが、あまりのかっこよさに頭が真っ白になってしまった。

「君大丈夫？　場所わかった？」

「あっ……なんとなく」

恥ずかしくて消え入るような声しか出ない。

すると白衣のイケメンがくすくす笑いだした。

笑われても仕方がない。

だって彼に見惚れていて、ほとんど聞いてなかったのだから。

恥ずかしくて顔が熱くなる。

「案内しますよ」

白衣のイケメンは私を内分泌内科の受付まで連れていってくれた。

「すみません。ありがとうございます」

内科は案内してもらうほどの場所ではなかった。

本当に十メートル先を右に入ったすぐ横だったのだ。

「今持っている紙に書かれている自分の番号が掲示板に出たら、中待合室に入るといいよ」

「は、はい。ありがとうございました」

勢いよく一礼すると、

「お大事に」

と言って彼は、奥の方へ行ってしまった。

白衣を着ていたということはお医者さん？

あんなかっこいい人に診察されたら、ドキドキしすぎて別の意味で体に悪そう。

と、この時まではその程度にしか考えていなかった。

そして言われた通りに待合室で自分の番号が出るまで待っていると、意外にも早く番号が表示され中待合で待つことに。

それから五分も経たないうちに、

『診察予約番号九番の方、五番診察室へどうぞ』

と呼ばれ、五番診察室に入った。

「こんにちは、九番の方お名前を確認させていただきます」

「織田音月です」

「織田音月さんですね。今日はどうされましたか?」

先生はショートカットの似合う女医さんだった。

私は喉の腫れを訴え、かかりつけ医に書いてもらった紹介状を先生に渡した。

「ではちょっと触らせてもらうね」

先生は両手で私の首を触り触診をする。

「そうね……確かに腫れているね。いつ気づいた？」

「最近です。たまたま首に手を当てて、先生が今したような感じで触っていたらなんか腫れてるなって思って……」

「じゃあ、ちょっと超音波で見るので、後ろの台に仰向けになってね」

先生に言われたように横になった。

「ちょっと冷たいけどごめんね」

と言われて首にジェルを塗られた。

そして先生は超音波を首に当てて、映った画像を見ながら場所を変えていく。

「……う～ん。片方の甲状腺が腫れてるね。これわかるかな？」

先生が写映し出された画像を私に見せて説明をしてくれた。

確かに腫れているような感じがするけど、超音波画像だから正直よくわからない。

一旦起き上がって椅子に座ろうとすると、先生はそのままでいいと言った。

「織田さん。今からもう一つ検査をしたいんだけど、いいかな」

「はい……」

「穿刺吸引細胞診《せんしきゅういんさいぼうしん》といって今腫れている甲状腺に直接針を刺して細胞を取るの。それを顕微鏡で観察するの。首に針を刺すから怖いイメージはあるけど、痛みはほとんどないからどうかなって」

なんだか難しい名前でよくわからない。

「あの……針を刺して細胞を観察して何がわかるんですか？」

「多分この腫れは腫瘍だと思うの」

腫瘍って……がん？

「この検査は、この腫瘍が良性のものか悪性のものかを調べるの」

「それってがんってことですか？」

私は先生に恐る恐る尋ねた。

「それは今の段階ではわかりません。あくまで腫瘍があるってこと。検査の結果で良性なら問題はないんだけど、悪性だった場合は……」

　先生は言葉を濁したが、腫瘍が悪性ならがんということなのだろう。

　頭が真っ白になった。

　先生は話を続ける。

「どちらにしろ早めに検査しておいた方がいいと思う。私もここへは週一しかこないからできれば、今しておいた方がいいかなと……」

「検査します」

「じゃあ、これから準備するので一旦中待合で待っててくれるかな？」

「はい」

　私は中待合室で待った。

　だけど頭の中はもう最悪のことばかり考えていた。

　まだ二十歳にもなってないのに、なんでなんで？

　お母さんが知ったらどう思うだろう。

　そんな緊張と絶望の中、再び呼ばれて検査を受けることになった。

　さっきと同様に横になり、超音波を当てながら腫れている部分に針を刺す。

　本当にあっという間だった。

ちくっとしたことすらわからなかった。

検査結果は一週間後と言われたので、次回の予約を入れてこの日は帰った。

「音月、病院どうだった？」

「うん……」

ずっと考えていた。

どう説明したら母は落ち込まないだろう。

私のためにいろんなことを犠牲にしてきて、やっと好きなことができるようになったのに、もし最悪の結果だったら母はきっと自分のせいだと言うに決まってる。

「音月？」

「やっぱりちょっと腫れてるみたい」

「そうなの？」

「うん、それで今日は腫れているものがどういうものかを検査したの」

針を刺したなんていうと心配かけてしまうから、言葉を選んだ。

結果が出るまでの一週間は生きた心地がしなかった。

母に心配をかけたくなくて普通にしていたけど、内心は不安で不安でどうにかなりそうだった。

良性か悪性かのどちらかだ。でもどうしても悪い方に考えてしまう。

とにかく結果が出るまでの一週間は長かった。


そして運命の日がきた。

母には一人で大丈夫といったけど、電話には出られるようにしてねとお願いした。

病院までの足取りは重く、緊張で胃が痛くなるほどだった。

前回同様、中待合で待っているとすぐに番号を呼ばれた。

「よろしくお願いします」

「では検査結果ですが……」

先生が電子カルテを開く。

しばしの沈黙があり、先生の表情が一瞬暗くなるのがわかった。

「……悪性の甲状腺腫瘍《こうじょうせんしゅよう》の疑いがありますね」

——やっぱり。

この一週間、結果が良性と考えたことはなかった。

というより、悪性だと思っていたけど実は良性だったというのを期待していたのだ。

だけど結果は理想と逆だった。

「そう……なんですか」

としか言いようがなかった。

先生は、今後の治療の流れをわかりやすく説明するが、全く頭に入ってこない。

なぜ私が？　母になんて言えばいいの？

ただでさえ母には苦労をかけているのに……。

どうしたらいいの？　と心の整理がつかないうちに話は先へ先へと進む。

「悪性といっても胃がんや肺がんみたいに命に関わることはほとんどないの。念のため、手術で腫瘍を摘出すれば問題ないのだけれど、早い方がいい」

それは早く手術をした方がいいということだった。

医師や看護師が手術入院で話を進めているのを、私は中待合室で他人事のような感覚で待っていた。

無症状。触ると腫れている感じというただそれだけで実感すらない。

そんな中、私は看護師や医師からの今後の流れの説明に対し、全て「はい」と答えた。

看護師からの説明では、入院前にいくつかの検査があるそうだ。

私は検査の予約表を受け取り、一緒に入院の案内書ももらった。

これだけいろんなものを渡されてもまだ実感が湧かない。

重い足取りでアパートに着くと、私たちの部屋から灯りが漏れていた。

母が帰っていることに緊張が走る。

――なんて言おう。

自分の病名を知って、まず浮かんだのは母の悲しむ顔だった。

摘出さえすれば大丈夫って先生は言っていたけど、がんには変わりない。

私は受け入れる以前に実感がないから、まだふわふわした感じ。

だけど私より母のダメージの方がきっと大きい。でも隠すこともできない。

私は数回大きく深呼吸をしてドアを開けた。

「ただいま」

「おかえり。遅かったわね。で？　どうだった？」

「うん……」

私は気持ちを落ち着かせようと冷蔵庫から麦茶を取り出し、グラスに注いだ。

「ちょっと、どうだったの？」

母が催促する。

「入院するって」

「え？　入院って……」

実は心配をかけたくなくて、母に詳しいことは一切話していなかった。

もちろん喉にしこりがあることは知ってるはずだ。だけど針を刺して悪性の腫瘍か良性の腫瘍かを検査するなんてことは話してなかった。

「喉のしこりを検査したら、あまりよくなくって手術して取ることになったの」

「え？　どういうこと？」

母は夕飯を作っていた手を止め私を見た。

「どうもこうも、そういうこと」

「だから病名とかあるんでしょ？　なんだったの？」

「甲状腺腫瘍だって」

母は言葉を無くした。

「腫瘍？　それってどうなっちゃうの？」

私が想像していた通りのリアクションで、母は自分を責めていた。

「先生が言うには手術して摘出するのが一番いいって」

母は肩をガクッと落とし、椅子の背を掴んだ。

「私がもっと早く気づいてあげられたら……」

「お母さんのせいじゃないよ。それに甲状腺の病気って女の人に多いんだって。だからそんなに心配しないで」

でも母は自分を責め、

「私が音月の代わりになりたい」

と涙を流した。

私を思う気持ちはすごく嬉しいけど、それはどうにもならないこと。

「もう、私なんて症状もないからまだ実感がないの。だからそんなに深刻にならないで。それと後ろ向きな発言もダメ。お母さんは私が治らないと思ってるの?」

「そんなことないわよ」

「じゃあ、もう悲しんだり自分を責めるのは禁止」

母はまだ受け入れられない様子だったが、

「わかった」

と言ってくれた。

それからいくつかの検査を受け、あっという間に入院の日を迎えた。

入院受付を済ますと、病棟の看護師が迎えにきてくれた。

外科病棟には私のような若い人はあまりいなかった。

病室は四人部屋で、私のベッドは向かって右奥の窓側。

同室の人は私の母よりも年上の人たちだった。

ベッドにかけられたネームプレートには「織田音月」、その下に「主治医・桜沢」と書かれていた。

看護師から、少し遅い時間になるが主治医から話があるのでご家族の方も同席してくださいとのことだった。

実は今までは内分泌内科で診てもらっていたのだが、手術することで内科から外科に移されたのだ。

パジャマに着替え、ベッドに入る。

体温も平熱。

一見、どこが病人なの？　という感じだ。

――コンコン。

「織田さん。先生が見えたので面談室に行きましょう」

看護師が迎えにきた。

病状がどこまで進んでいるのか、どういった手術をするのか、なんとも言えない緊張感に包まれる。

面談室は、病棟の入り口にあった。

だが、中に入ると先生はまだきていなかった。

──あれ？　きてないじゃない。

そう思いながら席につくと、白衣を着た男性が入ってきた。

百八十センチの長身。きりりとした眉に、ドキッとするような綺麗な目の右目尻には小さな黒子。

そして整った唇とシュッとした鼻筋と、さらさらで動きのある髪の毛。

白衣からちらりと見える紺色の手術着。ワイルドさと清潔感を兼ね備えたイケメンだった。

でもこの顔どこかで……。

あっ、そうだ。

初めてこの病院にきた時、内分泌内科まで案内してくれたあの先生だ。

──まさかあの白衣のイケメンが私の主治医？

手術を控えているというのに、主治医にドキドキしている場合じゃない。

先生は遅れたことに対し、申し訳なさそうに頭をペコッと下げると座った。

「遅れてすみません。織田さんを担当する桜沢です。よろしくお願いします」

お医者さんて威張っているというか、上から目線なイメージを持っていた。

特に映画やドラマで見る外科医は、プライドが高いイメージが強かった。

でも桜沢先生は、初めて会った時と同じで優しく、患者に安心感を与えてくれる。

特に声のトーンが柔らかくて、緊張がほぐれる。

簡単な挨拶を済ませると、早速手術についての説明が行われ、先生の表情も一変し、緊張が走った。

先生は甲状腺の画像を私たちに向け、どのように手術を行うかを丁寧に説明してくれた。

私がまだ二十歳前だということを考慮して、不安にならないよう言葉を選んでいるようだった。

だがその一方で、母は不安から抜け出せないでいるようで。

「嫁入り前の娘の体にメスを入れるなんて……」

心配してくれているからこその言葉だけど、手術をしなければそれこそ転移することもある。

それに過保護に心配されると逆に不安になる。

「お母さん、大丈夫ですよ。切除すれば大丈夫です。傷も目立たないようにしますから」

先生が断言した。

「本当ですか？」

母が確認するように尋ねる。

「大丈夫です。娘さんのことは僕に任せてください」

手術のことを言っているのに、先生が私をお嫁にもらうための挨拶をしているように聞こえてしまいドキドキした。

すると先生と思いきり目が合う。

もしかして私の心を読んだの？　と思い咄嗟に下を向く。

「手術は麻酔で眠っている間に終わるから、不安にならなくていいよ」

安心するような言葉をかけてくれる先生。

だけど私の頭の中では、その白衣を着たイケメンが王子様のように見えていた。

――どうしよう。好きになっちゃったかも。

私の恋のスイッチが入った瞬間だった。

小さな頃は内向的で、男の子と話すのが苦手な上に、女子校通いだった私。

男性への免疫がない私にとって、桜沢先生は人生で初めての大人の男性だった。

それでもいざ手術当日になると、未知の体験に緊張が走る。

病室で患者衣に着替え、呼ばれるのを待っていると手術担当の看護師が迎えにきてくれた。

まさか手術室まで歩いていくとは思わなかったので驚いた。

だってテレビドラマだと、寝たまま手術室に運ばれるイメージがあったからだ。

実際、手術室に入ると、目の前に手術台があるわけではなく、手術室の中にまた手術室がいくつもあることを知った。

私は一番奥の部屋に案内された。

自分で手術台に上がり、横になると看護師が準備を始める。

昨日まではさほど緊張感がなく、昨夜もぐっすり眠れたのに今は緊張で心臓がバクバクしていた。

すると紺色の手術着姿の先生が入ってきた。

「織田さん。今から始めますね」

「は、はい」

今さっきまで緊張でバクバクしていたのに、手術着姿の先生にうっとりしている自分に気づく。

だけど、麻酔をした私の瞼は強制的に閉じられた。


手術をしてわかったことがある。

手術中は麻酔で眠っているから痛みや苦しさは全く感じなかったが、問題は麻酔から目を覚ましてからだということ。

リカバリー室で一晩過ごしたのだが、身動きは取れないし、水も飲めない。

できるのは軽いうがい程度だ。

手術の大変さは麻酔から目が覚めてからだと知ったのだ。

もちろん先生に恋をしちゃったことも忘れそうだったし、術後先生が様子を見にきてくれたようだけど、それすらほとんど覚えていないくらいときめく余裕はなかった。

それから普通の食事に戻り、体調が安定したのは三日後だった。

摘出した腫瘍は検査に出され、結果が出るのは退院前日とのことだった。

ガーゼで傷が見えないので自分ではよくわからないのだが、

「綺麗に切ったから、傷はそんなに目立たないと思うよ」

と先生は自画自賛。

この頃には私の先生へのときめきは復活した。

先生はお休み以外は必ず様子を見にきてくれる。

「あらあら、音月ちゃん、顔に好きって書いてあるわよ」

「え？　嘘？」

両手で顔を隠すと同室のおばさんたちが笑っている。

「若い子っていいわよね。でも私も音月ちゃんぐらい若かったら好きになってたかもね」

隣のベッドの高木《たかぎ》さんがニヤリと笑う。

すると私の向かい側のベッドの秋山《あきやま》さんは、

「私らぐらいになると、ああいうイケメン先生は観賞用として見てるのよね～」

「観賞用ですか」

「そう、でも音月ちゃん、好きが顔に出すぎよ」

私が先生のことを好きだって同じ病室の人にバレバレで、先生が様子を見たあとは毎回、私の話題で盛り上がるのだ。

だけど言い返せないのは先生が好きだから。

それに私の特効薬は先生の笑顔と少しの会話だった。

だから入院生活は全然苦じゃなかった。むしろ楽しかった。

だからこそ、退院したら外来でしか会えないのかと思うと胸が痛かった。

もちろんこの恋が私の一方通行だってことはわかっている。

告白するつもりなんて毛頭ないと思っていたのに……。


それは退院する前日だった。

抜糸も済んで、特に治療することのなかった私は暇を持て余していた。

昼食を済ませたあとテレビをつけたが、これといって面白いものはなく退屈していた。

すると病棟の看護師が病室に入ってきた。

「今日の夕方ごろに先生からお話がありますね」

「はい」

「あら、なんだか……暇そうね」

「もうやることがなくて」

「明日は退院ですものね……だったら屋上に行ってみたら？」

と屋上の存在を教えてくれた。

看護師の話によると、ここの病院の屋上には屋上庭園があって人気があるそうだ。

早速、エレベーターで屋上へと向かった。

看護師の言うように屋上庭園は存在した。

でも私が想像していたものとは全然違っていて、かなりこぢんまりとしたもので、花壇と言った方がしっくりくる。

それでも色鮮やかな季節の花は、患者にとっては癒しになるものだった。

それにしても人気があるという割には誰もいない。

庭園の反対側は洗濯物が干されており、優しい風が洗濯物を揺らしていた。

だけど私の心はどんよりとしていた。

だって明日からまた普通の生活に戻ってしまうからだ。

もちろん検査の結果も気になるところだけど、先生と会えなくなるのは……。

「あ～あ。寂しいな」

本音をポロリと口に出したその時だった。

「何が寂しいの？」

聞き覚えのある優しい声に、私の鼓動が高鳴る。

――先生だ！

もちろん先生と会えないことが寂しいのだけれど、それを口に出せない。

「そ、それは……びょ、病院食が……」

「病院食？」

先生の表情が緩む。

「そ、そうです。だってここの病院食ってすごく美味しいじゃないですか。それがもう食べられないかと思うとちょっと寂しいなと思って」

すると先生は口もとに手を当ててくすくす笑いだしたのだ。

咄嗟に出た言葉とはいえ、まさか笑われるとは思いもしなかった。

おまけに先生は、ずっと笑ってる。

そんなにおかしなことを言ったとは思えないのに……。

なぜそこまでツボに入ったのか不思議だが、そこまで笑われるとあまりいい気分ではない。

そうでなくてもこれから先生と会えなくて落ち込んでいるのに……。

「そんなにおかしいですか？」

口を尖らせ視線を外した。

「ごめんごめん。ちょっといい？」

先生が手を伸ばした。

――な、何？

私の鼓動が一気に加速する。

先生の手が私の頬のすぐ下に触れたかと思うと、すぐに離れた。

何が起こったのか自分ではよくわからなかった。

だが次の瞬間、先生の手は自分の口もとに運ばれていた。

ん？　何か口に入れた？

「君が頬に米粒をつけたまま病院食が食べられなくなるっていうから……つい笑っちゃったんだ」

――え？

ということは今口もとに運んだのは私の頬についていた米粒で、それを先生が食べたの？

頬に米粒がついていたのはもちろん恥ずかしいけど、それ以上に先生の行動の方が驚きだ。

大体、先生が患者の頬に米粒がついていたら取りますか？

せいぜい「米粒ついてるよ」と指摘する程度じゃないの？

こんなことされたら勘違いしちゃう。

だけど勘違いしちゃうことは、今回が初めてではない。

術後、不安になっている私を元気づけるために、軽いジョークを交えて話をしてくれたこともあった。

とにかく先生は私に優しかった。

ある日、いつものように様子を見にきてくれた時だった。

看護師が検温のため病室に入り、先生を見るなり、

「先生、また織田さんのところにいる～。小澤《おざわ》先生が探してましたよ」

と言ってため息を吐いた。

先生は何かを思い出したように、慌てて病室を出た。

先生は主治医として私の様子を見にきているだけなのに、私は自分だけが特別なんだと勘違いしていた。

そして今の先生の行動が、私の勘違いに拍車をかけてしまったのだ。

「先生が好きです」

口が勝手に動いていた。

――しまった。

告白するつもりなどなかった。

先生がマンガのヒーローみたいなことをしなければ、この恋心は胸の奥にしまっていたはずだった。

静まり返った屋上。

そして驚きを露わにしている先生。

「今の告白をなかったことにしてください」

と言えたらよかったのに、言うつもりのなかったことを言ってしまった私自身も驚き、頭が真っ白になっていた。

どのぐらいの間があったのだろう。

先生の笑顔は消えていた。

そして私を拒絶するように背を向けた。

「悪いけど……そういうの困るんだ」

振られることは最初からわかっていた。

だけど、目も合わさずに背を向けて困るって……。

せめて冗談だろうと笑い飛ばして、なかったことにして欲しかった。

すごくショックで立ち直れないかもしれない。

生まれて初めて体験した『失恋』に打ちのめされた気分だった。

すると窮地を助けるかのように、誰かが屋上にやってきた。

「あっ、桜沢先生サボりですか？」

私と同じ病棟の患者さんが先生に声をかけた。

私は先生の目がその患者さんに向いている隙に、逃げるように病室へ戻った。

「織田さん、屋上どうだった？」

病室の手前で看護師に声をかけられた。

「ごめんなさい。久しぶりの外でちょっと疲れたので寝ます」

本当は泣きそうな顔をみられたくなかったからだ。

病室に入るとベッドに入り布団を頭からかぶった。

屋上での出来事がごっそり記憶からなくなって欲しかったからだ。

私は強く目を瞑り、こんなに辛くて苦しくなるぐらいなら恋なんかしなければよかったと深く後悔した。

検査の結果についての説明が行われたのは、夕食の少し前だった。

失恋直後の私は先生の顔をまともに見られず、真っ白いテーブルの一点を見つめていた。

「検査の結果ですが……悪性でした」

「やっぱり……」

母が大きなため息を吐いた。

でも私は検査の結果より、先生と向かい合っていることの方が辛かった。

「腫瘍は完全に取り除きましたので、退院後の治療等はありません」

「そうなんですか？　でも悪性だったんですよね。抗がん剤治療とかそういうのもないんですか？」

「ございません。今後五年間の生存率は九十パーセントですし、その間に転移する可能性のある場所としましては、肺や血液などですが……よっぽどのことがなければ大丈夫でしょう」

「本当ですか？」

母は生存率の高さや転移がないことを知っても、私の腫瘍が悪性だったことが相当ショックだったようだ。

「お母さん、先生が大丈夫だって言っているんだからいいじゃない」

母は私のことが心配で先生にあれこれ質問をしたがっていたけれど、私は早くこの部屋を出たかった。

「今後は半年に一度外来での定期検診に切り替わります。僕の外来が火曜日なので、それで予約を入れておきますね」

「……」

「織田さん？」

「音月？」

「え？」

「だから、定期検診の予約をって先生が言っているじゃない。先生の外来は火曜日だっていうのよ。何時にする？」

正直何時でもいいというか、半年後までに失恋の傷が完治するかの方が重要だ。振られたからってそう簡単に好きな気持ちをリセットすることなどできない。

「何時でもいいです」

淡々と答える私に母は大きなため息をついた。

数時間前まではもっと入院していたいと思っていたのに、今は早く退院したい。

翌日、最後の回診。

先生は何事もなかったかのように、いつもと変わらぬ優しい笑顔で最後の診察を行った。

「うん、傷跡も綺麗だし、体調もよさそうなので退院できますよ」

「織田さん、よかったわね」

「……はい」

看護師には笑顔でいられるのに、先生の顔はまだまともに見られない。

「もしかして病院食が食べられなくてショックなのかな？」

不意に話しかけられた私は目が点になった
なんでここで病院食の話を出すの？

悔しいのと虚しいのと腹立たしさが入り混じる。

きっと先生的には昨日のことはなかったことにしたかったのだろう。

「そうです。ここの病院食最高に美味しかったですから」

じゃあ、そういうことにするしかないじゃない。

それでも悔しい。

憎らしいぐらい先生が好き。
全然嫌いになれない。
「やっとこっちを見たな」
――え？
先生はクスッと笑うと、部屋を出ていった。
ずるい。
先生の意地悪！

退院して半年が経った。
退院後初の定期検診のため、西桜沢総合病院に行くと、張り紙にこう記してあった。
『桜沢先生は転院いたしました』
――嘘でしょ？
まさか自分の主治医が、別の病院へ転院しただなんて。
前の日は久しぶりに会えることに緊張して眠れなかったのに……。
今度会う時はちゃんと笑顔でいようと思っていたのに……。
それっきり先生と会うことはなかった。

それから先生がいった五年生存率九十パーセントはクリアした。

腫瘍を綺麗に切除してくれたおかげで、手術痕はとても綺麗だ。

もちろん転移もなく、自分ががんだったことすら忘れていたぐらいだ。

それでも時々思い出すのは先生のことだった。

『悪いけど……そういうの困るんだ』

あの時の先生の言葉は、今思い出しても胸が痛む。

だけど、いまだに私は先生のことを嫌いになれなかった。

恋人も作ったことはない。

もちろん過去に交際を申し込まれたこともあった。

だけど二十六歳になった今も、先生以上の素敵な男性と出会ってはいないし、恋愛もしていない。

私の恋は十九歳で止まったまま。

そんな私の縁談相手が初恋の桜沢先生だなんて……。

「あの……先方は納得しているのでしょうか？」

桜沢先生は一度は振った私と結婚することを承諾したのだろうか。

「当たり前じゃないか。じゃなきゃこんな話はできない」

「ですよね」

私は信じられなかった。

「近いうちにお見合いを予定しているからそのつもりで。詳しいことはお母さんに聞くといい」

義父は要件だけ述べると、席を外した。

「音月、ごめんね」

義父の姿が見えなくなると、母が謝った。

「お母さんもこのことを知ってたんだね」

母はすまなそうに頷いた。

「お相手の方だけど……」

「わかってる。私の担当医だった方だよね」

「やっぱり気づいていたのね？」

縁談と聞いて、最初は驚いた。

院長の息子と頭取の娘なんてドラマのシチュエーションみたいだし。

もちろん最初は体が拒絶反応を起こすほど嫌だった。

結婚相手も自由に選べないなんていつの時代の話なのと思ったけど……。

「もしあなたが本当に嫌だというのなら……お母さんはあの人と別れてでもこの縁談を――」

「この縁談お受けしようと思う」

それはお相手が桜沢先生だったからだ。

「本当にいいの？」

私がすんなり受け入れたことに母は驚いている。

「もちろん先方がいいといったらの話だけど」

不安があった。いくら私がお見合いをしたいと思っていても、先生にその気がなければ無意味だ。

それに私は過去に先生にこっぴどく振られている。

そんな私とお見合いをするのだろうか……。

「それは大丈夫よ」

母が笑顔になる。

「そう……なの？」

「だってこの縁談は元々桜沢さんの方から話がきたんだもの」

確かにそうかもしれないけど、縁談は親同士が決めたものであって先生が自分の意志で受けるとは思えない。

そもそも先生は私のことを覚えているだろうか。

先生にとって私はたくさんの患者の一人。

それに母が再婚して苗字が変わったことだって知らないはず。

お見合い相手が私だって知ったらどう思うだろう……。

そんな不安を感じながらも私は釣書と写真の入った封筒を持って帰宅した。

先生とのお見合いの日取りが決まったのはそれから三日後だった。

先生の御都合もあり、日曜日に都内のマクダーモンホテルというセレブ御用達のホテルのロビーで待ち合わせをすることになった。

先生は忙しい方だから、早めに会って仲良くなりなさいとのこと。

約六年ぶりの再会。

果たして先生は私のことを覚えているだろうか。

私の手は自然と首に触れていた。

――いや、覚えてないでしょう。

私はたくさんの患者の中の一人にすぎない。

私が告白したことだって、きっと忘れている。

そもそも私はもう「織田音月」ではない。

私としては、先生が私のことを忘れていてくれる方が楽だ。

椎名音月として会うのが私たちにとっての初対面であって欲しい。

母がお見合いにと用意してくれたのは、ピンクベージュのワンピースだった。

私が家に寄りつかないからと、わざわざ店までワンピースを持ってきてくれたのだ。

でも義理の父親が銀行の頭取だと誰も知らないので、母が高級ブランドのロゴの入ったショップバッグを私に差し出した時、オーナーとその近くにいた先輩は驚きを隠せないようだった。

もちろん、外と中は全く違うものだと誤魔化した。

家に帰って母の選んだワンピースを見た私は、ハッとした。

ワンピースの襟はオーガンジーのハイネックだったからだ。

恐らく母は、私の首の手術痕が少しでも目立たないようにと選んでくれたのだろう。

寝る前にいつもより念入りに肌のお手入れをして早めにベッドに入った。

でも先生に会える嬉しさと同じぐらい不安もあり、ベッドに入ってもなかなか寝付けなかった。

そして迎えた当日。

余裕を持って待ち合わせ時間の三十分前に着くように家を出た。

母はタクシーを勧めたが、一人でタクシーに乗ったことがない私は電車で行くことにした。

最寄りの駅に着くと、ホテルに一番近い出口を探すため、駅構内の案内図を見ていたのだが、急にワンピースの裾に重みを感じた、

見ると小さな男の子が私のワンピースの裾をぎゅっと握っていたのだ。

「ぼく？」

話しかけると、男の子は驚いた様子で目を丸くしたかと思うと、今にも泣きだしそうに私を見た。

「ママは？」

「え？　ママ？」

もしかすると、この子のお母さんの服の色と私の服の色が似ているのかもしれない。

男の子のお母さんらしき人はいないかと周りを見渡した。

だが、私と同じような服を着ている人は見当たらない。

「ねえ、一緒にお母さん探そう。きっとお母さんもぼくのことを探しているから」

「……うん」

本当は駅員さんにこの子を託そうと思ったが、歯を食いしばりながら力強く頷く男の子をそのままにしておくことができなかった私は、男の子の手を握ってお母さんを探すことにした。

「ぼくの名前、教えて?」

「ゆうた」

「ゆうたくんか、素敵な名前ね。いくつ?」

ゆうたくんは足を止め指を動かし
「三歳だよ」

と私に指を見せた。

さっきまで泣きそうだった顔も、話をしているうちにだんだん柔らかくなっていた。

「きょうはねーちーちゃんの病院だったの」

ゆうたくんはいろいろ話してくれた。

お母さんと病院の帰りだったらしい。

「ドンドンマン見てたらママがいなくなって」

子供に人気のドンドンマンのグッズを見ていたら、お母さんがいなくなったらしい。

そこで私の服を見てお母さんだと思い、スカートの裾を掴んだのだ。

「じゃあ、ドンドンパワーでお母さんを見つけようか」

「うん！　ドンドーンパワー」

ゆうたくんはドンドンマンのお決まりのポーズをした。

どのぐらい探していただろう。

ベビーカーを押しながら私たちの方へ向かってくる人がいた。

「ママだ」

男の子が指をさした。

「え？　お母さん？」

「うん。ママー」

男の子の声にお母さんは「ゆうたー」と名前を呼びながら私たちの元へやってきた。

「すみません。ちょっと目を離した隙にいなくなっちゃって。もう～心配したのよ」

項垂れるお母さんに、男の子は震える声で「ごめんなさい」と謝った。

お母さんは、男の子をぎゅっと抱きしめた。

その姿を見て、なんだか胸が熱くなった。

私も小さい時に、迷子になって父と母を困らせたことがあった。

それに比べたらゆうたくんはすごく強い。

「本当にありがとうございました」

深々とお辞儀をするお母さんと男の子に手を振って別れたのだが、時計を見ると約束の時間を五分以上過ぎていたことに気づく。

しかも今いる場所はホテルに近い出口とは真逆。

お見合いの時間に遅刻するなんて心証が悪くなる。

私は早歩きで出口を探した。

だけど慣れないパンプスが邪魔をする。

額にはうっすらと汗が浮かび、せっかくのメイクも崩れそうだった。

でも今はそんなことよりも早くホテルに着かなくちゃという思いだった。

結局ホテルに着いたのは約束よりも十分遅れだった。

外資系ホテルだけあって、外国人の多さに圧倒される。

だがその中で一際目立つ男性がいた。

――桜沢先生だ。

先生は濃紺の細身のスーツ姿で立っていた。

大人の男性って感じで、白衣しか見たことのなかった私にはすごく眩しく感じた。

声をかける前からドキドキして、ちゃんと話せるのか不安になる。

とりあえず深呼吸をして、心を落ち着かせてから声をかけようと、大きく息を吸った。

よし、声をかけよう。そう思ったがやめた。

先生は電話をしていたのだ。

声をかけるのは電話が終わったらにしようと、近すぎず遠すぎない位置で電話が終わるのを待つことにした。

だが、彼の表情が見る見るうちに険しくなっていくのがここからでもわかった。

何があったんだろうか。

不安になりながら、電話が終わるのを待った。

「俺はそんな話、聞いていない」

急に強い口調で訴えた先生の顔は、すごく怒っているようだった。

まさかお見合いのことを聞かされていなかったとか？

いや、そんなことないよね。

――だって縁談を持ちかけてきたのは桜沢家の方だもんね。

自分に言い聞かせていたのだが……。

「勝手にお見合いとか勘弁してくれよ。どうせ親父が言ったんだろ？　俺はお見合いも結婚もするつもりはない」

彼の苛立った声は私の方まで聞こえていた。

おかしいと思った。

そもそも先生ほどの素敵な男性がお見合いなんてするわけがないと思っていた。

ただ、母からは桜沢さんの方からお話があったから大丈夫と聞いていたので、安心していたのだが……。

確かに私だって先生の釣書を見るまではお見合いなんて絶対に嫌だと思っていた。

だけどお相手が桜沢先生だったから、縁談をお受けした。

彼じゃなかったら絶対に拒否していたはず。

私にはどうすることも――。

「わかってる。だけど、お見合いする気はない」

ここまではっきりと言われると、もうこのまま帰った方がいいのかなと思ってしまう。

どうしようかと悩んでいると……。

「だから、俺には心に決めた女性がいるんだ！」

そう言って先生は荒々しくスマートフォンを切った。

そしてスマートフォンをポケットにしまい顔を上げた時、私と思いきり目が合った。

「あっ……」

六年ぶりの再会で、初めて見た先生の驚いた顔に少なからずショックを受けた。

なんとか一礼するも、このあとどんな顔をしたらいいのかわからなかった。

お見合いする前から門前払いされたようなものだもの。

でも先生の顔を見たら、

――このままでは帰れない！

と私の心が叫んでいた。

「遅れてすみません。椎名音月です。よろしくお願いいたします」

2　お見合い

十三時にマクダーモンホテルにきて欲しい。

そう母からの一方的な電話を受けたのは、朝の六時半だった。

内容も聞かされていない上に、会話の最後には、

『お父さんからの命令だから』

と言って一方的に切られた。

俺の父は西桜沢総合病院の院長だ。

昭和生まれの父は、一言で言うと頑固オヤジという言葉がぴったりな人だ。

でもそれはあくまで家族内での話。

院長としての父の評判は、すこぶるいい。

優しくて、患者さん思いで、正義感が強い。

確かにその通りなのだが、家と病院とのギャップに俺は振り回されている。

そんな父とうまくやっていくには適度な距離が必要なので、医師として働くことになった時に実家を出て一人暮らしを始めた。

『お父さんからの命令だから』

は、ある意味絶対なのだ。

六年前、多くの患者を抱えていたにもかかわらず突然別の病院への出向が決まった。

この時も父の一存だった。

いろんな経験を積んでこいという親父の考えは正しいと思うのだが、なんの前触れもなくいきなり異動を言い渡された時は親父を恨んだ。

そのあと、西桜沢総合病院に戻ってきた時も突然だった。

そして今日、このホテルに呼び出された。

内容は一切知らされていない。誰かが来るわけでもないし、俺はなんのためにここにいるのかさっぱりわからない。

時計を見ると十三時十分。

いまだ何も起こっていない。

きっと母なら親父が俺をここに呼んだ理由を知っているはずだと思い、母に電話した。

『もしもし』

「母さん？　俺はなんのためにここにいるんだ？　理由も聞かされてないし、約束の時間を過ぎても変化がないからもう帰――」

『ダメっ！』

母の大きな声に、思わずスマートフォンを耳から離した。

「だったら教えてくれ。俺はなんのためにこのホテルにいるんだ？」

『これからあなたのお見合いがあるの』

――え？　お見合い？

「俺はそんな話聞いてない」

『確かに言ってなかったものね』

「なあ、冗談だろ？」

『冗談なわけないじゃない』

「勝手にお見合いとか勘弁してくれよ。どうせ親父が言ったんだろ？　俺はお見合いも結婚もするつもりはない」

『そういうわけにはいかないのよ。今朝も言ったけどお父さんの命令なのよ』

母も父には逆らえない。とはいえ、俺の結婚相手まで首を突っ込まれるのは心外だ。

大体、お見合いの相手のことだって本人がきていないじゃないか。

もしかすると俺と同じ考えなのかもしれない。

「悪いけど、この見合いは無理だと思うよ」

『なぜ？』

「相手がまだきていない」

『え？　椎名さんのお嬢さんまだ見えてないの？』

椎名ってあの、ひので銀行の頭取の椎名さんかな？

でもあの人に娘なんていたっけ？　って呑気なことは言っていられない。

「それらしい人はきていないよ。大体おかしくないか？　普通お見合いって事前に縁談がきてるけどどう？　って打診しないか？」

『普通はね。でもあなたの場合こうでもしないと全部断るでしょ？　それに今回の縁談はうちから申し出たからドタキャンとか許されないの』

確かにそうかもしれないが、やり方が卑怯だ。

返す言葉が見つからず、開いた口が塞がらない。

『周？　聞いてる？』

「……聞いてるよ。で？　どこのお嬢さんなんだよ。親父が見つけてきた縁談だからどうせ仕事がらみだろ？」

『ひので銀行の椎名さん、あなたもご存知よね。あの方のお嬢様よ。とても可愛らしい方であなたにぴったりよ』

やっぱりあの椎名さんか。

母は相手の女性を絶賛している。

椎名さんは親父の古くからの友人で、ひので銀行の頭取。

最近病院は病棟増設と最新機器の導入の件で銀行の出入りが多かったが、まさかこの縁談はそのことも関係しているのだろうか。

親父のことだから、あり得る。

大方いまだに独身で、浮いた話も結婚する気もない息子に痺れを切らした親父が、病院の将来のことを考えると一刻も早く結婚させて孫の顔を見たいと椎名さんに泣きを入れたのだろう。

今までも何度か縁談話はあった。

だが結婚する気はなかったし、しない理由もあった。

だから今まで全ての縁談を断ってきた。

ところが今回はいつもとは訳が違う。強硬手段に出たのだろう。

何が親同士が決めた縁談だ。

大体、俺が独身でいることはそれなりの理由がある。

『あなたは一人息子で、病院の後継者でもあるの。だからいつまでも独身でいられては困るのよ。あなたが結婚して孫ができればお父さんも満足するの。それに椎名さんのお嬢さんは素敵な方よ』

母さんたちの気持ちが全くわからないわけではない。

「わかってる。だけどお見合いする気はない」

『どうしてわかってくれないの？　お母さんたちはあなたのことを――』

「だから、俺には心に決めた女性がいるんだ！」

そう、俺がお見合いをしないのは好きな人がいるからだ。

スマートフォン越しに聞こえてきたのは母の驚く声。

母はちょっと待ってと事情を聞きたがっていたが、俺は一方的に電話を切った。

さて、この縁談をどうやって白紙にしたらいいか……。

大きなため息を吐きながら、スマートフォンをスーツのポケットにしまい、顔を上げた。

その時だった。

俺の数メートル先に、小柄な女性が立っていた。

いつからいたのだろうか。

俺を見て会釈をした女性。
その姿に、自分の目を疑った。
俺が結婚しなかった理由である、心に決めた女性にとても似ていたからだ。
女性は俺との距離を詰めた。
そして……。
「遅れてすみません。椎名音月です。よろしくお願いいたします」
彼女は改めて一礼した。
一瞬、彼女かと思った。
椎名音月……苗字は違うが、名前は偶然にも同じだった。
それにしても似ている。といっても俺が最後に会ったのは六年前。
自分が担当していた患者だ。
彼女は甲状腺のがんと診断され、手術を受けるために入院した。
俺は彼女の担当医だった。
甲状腺がんは症状がほとんどない。多くが喉のしこりに気づいて受診する。
手術で摘出してしまえば、転移がない限り特別な治療はない。
彼女も同じような症状で入院した。

不快感や痛みがないので他の患者より、元気だった。

同室の患者さんは彼女よりもずっと年上の、おばあちゃんだ。

そんな人とも楽しそうで、彼女の病室はいつも明るかった。

そんな彼女に特別な感情を持っていると気づいたのは、いつだったか正直覚えていない。

いつの間にか好きになっていた。

この時の俺は、医師としてはまだまだ未熟だと感じていた。

いずれは父の後を継ぐ者として焦りもあった。

だから愛だの恋だの言ってる場合じゃない。

そう何度も自分に言い聞かせていたが、彼女の笑顔や明るさにを目の前にすると、
彼女への思いが余計に増していくのがわかった。

そんな矢先だった。

彼女からの突然の告白に俺は焦った。

もちろんすごく嬉しかったし、受け入れたい思いはあった。

だけど、何かが邪魔をした。

主治医と患者であるうちはダメだとか、恋愛なんかしている場合じゃないとか。

今思えばあの時の俺は最低だった。

変に意地を張ってしまい、彼女を傷つける結果となってしまった。

案の定彼女は、俺を避けるように目線も合わせないまま退院。

自分で蒔いた種をどうにか修復できないかと思っていた矢先に、親父から突然、知り合いの総合病院への異動を命じられた。

その結果、彼女とは二度と会うことはなかった。

できることならあの時に戻りたいと何度思ったことか……。

だけど、その希望は叶うこともなく、時間だけが無駄に過ぎていった。

ところが今目の前にいる女性は彼女にそっくりだった。

もちろん、目の前の女性は髪の毛も長く、メイクも綺麗に施され、当時の彼女より随分大人の女性だ。

だけど彼女から感じられる雰囲気がとても似ていた。

そんな俺の忘れられない女性の名前は「織田音月」。

そして目の前にいる女性の名前は「椎名音月」。

これは神様の意地悪なのか、それとも優しさなのか……。

結婚しないと母親に啖呵を切ったものの、その勢いがなくなるのを感じた。

「あの……」

「すまない。知っている人にすごく似ていたもので……初めまして桜沢です」

お見合いなんて絶対にしないと啖呵を切った俺はどこへ行った？

会わなくなって数年経ったが、恐らく年齢も彼女に近いのかもしれない。

でももし俺の思っている彼女だったら、良くも悪くも俺のことを忘れるわけがない。

それに俺を見ている彼女の目は、初対面特有の緊張と不安を滲ませていた。

そう思ったら、彼女のことを知りたくなった。

親父の思うままになっていることに不満はあるが、もしかすると彼女と関係のある人物かもしれない。

「とりあえず、座りませんか？」

「はい」

俺たちはラウンジに移動した。

3　結婚しませんか？　離婚前提で

——やっぱり。

先生……いや、彼と久しぶりの再会で感じたことだった。

だって先生ほどの素敵な男性は、お見合いなんか必要ないと思っていたからだ。

先生が私とのお見合いを拒んでいるのは、電話で話している表情で読み取れた。

あの感じだと、お見合いすることすら知らなかったのかもしれない。

私が立ち聞きしていたことを知った時の顔。

すごく動揺していた。

でも私に聞こえたのは、お見合いする気がないことと、思いを寄せている人がいると告げたことだけ。

他の内容はロビーにいるたくさんの人たちの声でかき消されていた。

でもさっきはドキッとした。

『すまない。知っている人にすごく似ていたもので……初めまして桜沢です』

一瞬、私のことを思い出したのかと思った。

でもそれ以上何も聞かなかったってことは、単に電話の内容を聞かれて焦って出た言葉なのだろう。

だけど、どうしよう。お見合いする前から、この縁談が絶望的だなんて。

少しでも気に入られようと念入りにお肌をお手入れしたり、ワンピースを着て姿見の前で何度もチェックしていた自分が恥ずかしい。

それにしても先生の好きな人って誰なの？

重い足取りでラウンジへと向かった。

大きな窓ガラスから自然の光がさしこむ。

窓際の席に案内され、向かい合うように座る。

六年前もこうやって向き合って座った。あの時は患者と医師の関係だったのに、今はお見合いのために向き合っているなんて不思議なもの。

でも思い出に浸っている場合ではない。

先生にはすでに好きな人がいて、私との結婚は望めないらしい。

きっと今まで結婚しなかったのもその女性のためだろう。だけど、それは私も同じ。

誰かを本気で好きになったのは、後にも先にも先生だけだった。

背中を向けられて拒絶され、初めて失恋の痛みを知ったのも先生だった。

退院していつもの生活に戻っても、思い出すのは先生のことばかり。ずっと私は先生のことが忘れられなかったし、先生以上の男性に出会うこともなかった。

先生が心に決めた人がいるように、私も好きになる人は一人しかいない。

簡単に諦められるのなら私はここにはいなかったはず。

「コーヒーでいいですか？」

「あっ、はい」

――先生覚えていませんか？　私です。

って心の中は叫びたがっているのに、口は固く閉じたまま。

何を話せばいいのかわからず、会話がないまま時間だけが過ぎた。

だがそんな空気を変えたのは先生だった。

「すみません」

「え？」

いきなり謝られたので、やっぱりこの縁談はなかったことにされるのではと焦る。

「実は今日お見合いがあることを知らされてなくて……母からの電話で知って……」

先生は恐縮しながらスマートフォンを耳に当てる真似をした。

「そうなんですか？　驚かれましたよね」

先生はバツが悪そうに頷いた。

「本当にすみません。椎名さんは……ご存知だったのですか？」

「私は事前に聞いておりました」

目の前にいる先生は、本当に私のことを覚えていないようで、他人行儀に敬語で話す。

最初は義父が勝手に持ってきたお見合い話に苛立ちを覚えた。

私と義父は血の繋がりがない。

私を仕事の道具としか思っていないのではとさえ思った。

でもお相手が先生だと知って飛びついた。

なんて話せるわけがない。

「そうでしたか……」

彼はコーヒーを飲むと、苦笑いを浮かべた。

その柔らかい表情はあの時のままで、懐かしさと愛おしさで胸が痛くなる。

とにかく一度落ち着こうと、私もコーヒーを一口飲んだ。

「あつっ！」

「大丈夫ですか？　はいお水」

極度の猫舌なのをすっかり忘れていた。

差し出されたお水の入ったコップを受け取ると、水を飲んだ。

「すみません。私すごい猫舌で……」

「そうなんだ。だったらアイスコーヒーにすればよかったね」

こんな優しいところも全然変わっていない。

もっと一緒にいたい。

六年分の思いが溢れ出しそうになる。

「椎名さん？」

「は、はい」

「お仕事はされているのですか？」

「はい。フラワーショップに勤めてます」

「そうなんだ。意外だな」

「え？　どうしてですか？」

「ひので銀行の頭取の娘さんなら別に働かなくても——」

「義父に頼りたくないんです。それに花が好きなので」

「それは失礼しました」

「いえ……」

先生は興味深そうにいろいろ尋ねるけど、私は先生に何も聞くことができなかった。

私が話をすることで、先生が私のことを思い出すのではと思ったから。


会話が止まり、それぞれがコーヒーを飲んだ。

先生がコーヒーカップを置くと、表情が変わった。

「ところで僕たちの縁談のことなんだけど……」

やっぱり白紙にするの？

ここまで話をしておいて、じゃあこれで終わりなんて考えられない。

だってそうでしょ？

お見合い相手が偶然にも、振られてしまったけどずっと忘れられない人だったのよ。

こんなこと奇跡でもない限り起こらなかったこと。

なんとかしたい。さようならなんてできない。

だってこの再会は、きっと神様からのプレゼントだ。

無駄にはできない。

「そのことなんですが、一つ提案がございます」

「提案？」
提案なんて言っておきながら何も考えていなかった。
それこそ咄嗟に出た言葉だった。
どうしよう。
私が先生と一緒にいられる方法。
神様助けて！
神に祈る気持ちでだったその時だった。
とんでもないことを思いついた。
「一年後に離婚することを前提に結婚しませんか？」
条件付きの結婚を提案した。
「離婚前提の結婚？」
先生は驚いた様子で復唱した。
こんな提案、すごく無茶、なことはわかっている。
だってこの結婚を望んでいるのは私だけなんだもの。
でもこんなチャンス二度とないと思ったら、言わずにはいられなかった。
思い続けた年月には逆らえなかったのだ。

とはいえ、先生が頷かなければ意味がない。

私は彼にしゃべる隙を与えないよう話を続けた。

「実は私も正直申しましてこのたびの縁談には全く納得しておりません。ですが、私の力でこの縁談を白紙にできないので、お互いの両親を納得させる意味で結婚して、一年後に離婚してしまえば文句は言われないのではと思うのですが」

これは私にとって大きな賭けだった。

もしそれでも先生が難色を示すようだったら、きっぱりと諦めよう。

先生はしばらく考えていた。

考えるということは、ちょっと期待してもいいの？

でも返事を待つってこんなに緊張するものなのね。

――どうしよう、胃が痛くなってきた。

すると先生と目が合った。

「わかった。その提案に乗るよ」

「え？」

咄嗟に浮かんだ提案、しかも普通ではあり得ない提案なのに先生は受け入れた。

「なんで驚かれているんですか？　提案したのは君でしょう？」

「そ、そうですが……そんな安易に……」

まさか私の提案を受け入れるだなんて。まだ信じられなかった。

だってそれは私と結婚するということなのよ。

驚いているのは私だけで、先生は至って冷静だった。

「確かに安易かもしれないですね。ですが、他にいい案はなさそうだし、一年後には離婚するんですよね？」

念押しされるとそれはそれで胸が痛い。

でも一度口に出してしまった以上、やっぱり三年とか五年と訂正できないし、先生もそれは望んでいないだろう。

「もちろんです。でも桜沢さんが一年じゃ長すぎるようでしたら半年でも……」

もう、私ったら思ってもいないことを……この口が勝手に。

すると先生がくすくすと笑いだした。

私が告白する前に見せてくれた時と同じ笑顔に、懐かしさと切なさで胸がキュッと痛んだ。

「笑ってすまない。君が俺との結婚を相当嫌がっているように見えてね」

――それは違う……って言えたらいいのに。

「いえ……その……」

「否定しなくていいですよ」

完全に勘違いされてしまった。でもこんなチャンス二度と訪れない。

それに一緒に生活しているうちに、先生の気持ちも変わるかもしれない。

こうなったら絶対にいい奥さんになって、私を好きになってもらう。

一年後の離婚を阻止して、許される限り先生のそばにいたい。

「椎名さん？」

「は、はい」

「結婚するということで話を進めますか」

「はい。よろしくお願いします」

まだ夢を見ているみたい。どうしよう。嬉しすぎて泣きそう。

私は唇を噛み締め、嬉し涙を堪えた。

「それにしても、今時政略結婚なんて……時代錯誤もいいところだ」

それが先生の正直な気持ちなのだろう。

私とは違い、先生はこの結婚を心から望んでいるわけではない。

先生には悪いけど私はこの縁談に感謝している。

先生は、気持ちを切り替えるように今後のことについて話し始めた。

院長の息子と頭取の娘の結婚ともなれば、両親としては盛大な結婚式を望んでいるだろうと。

「それで結婚式のことなんだけど、式は限られた人のみで行いたいという条件をのむのならこの縁談を受けるってことにしたいんだが、どうかな？」

私たちは普通の結婚ではなく離婚前提の結婚をするわけで、そんな私たちに豪華な結婚式は具合が悪い。

「そうですよね」

先生と結婚できるのなら私は多くを望まない。

もちろん結婚式だって……

でもそんなことできるのだろうか……。


その日の夜、母から電話があった。

『さっき、あちらの奥様からお電話があって、とても喜んでいたわよ』

その声は弾んでいた。

「そうなんだ」

まさか一年後に離婚するとは誰も思っていないでしょう。

『でもね……結婚式のことなんだけど……親族のみって……』

――先生、早速話をしてくれたんだ。

「そうなの。私も桜沢さんも大勢の人の前に立つのは苦手で……、だから式は身内のみで執り行いたいの。ダメかな？」

『私とあなただけの時ならそれでもよかったけど、一応あなたはひので銀行の頭取の娘だし、体裁もあるのよ』

一人で私を育ててくれた母への恩返しの意味でも、母が喜んでくれる式を挙げてあげたい気持ちはある。

だけど、私と先生の結婚は普通ではない。もし一年後に離婚することになったら、盛大な結婚式を挙げたことをきっと後悔するに違いない。

これ以上母を困らせたくないし、私は先生と一緒にいられるのであればそれでいい。

「ごめんねお母さん。でもこれだけは譲れないの。それに結婚式を挙げないといっているわけではないの。だからお願い、お義父さんを説得して欲しいの」

母は渋々だが、受け入れてくれた。

だが義父はなかなか頷いてはくれなかった。

それは先生のご両親も同じだった。

頭取の娘と院長の息子の結婚式なら、きっと有名ホテルで何百人も呼ぶような盛大な披露宴を執り行うだろう。彼らにとっては結婚式もビジネスの延長だろうから。

でも私たちは断固反対した。

「結婚式も自由にさせてくれないのなら縁談は白紙にします」

と強気に出たのは先生だった。


数日後、私は先生と今後の打ち合わせも兼ねて会うことになった。

私は先生と会えることにワクワクしていたのだけれど……。

「母はなんとか許してくれて、義父を説得しようと頑張ってくれたんですが……」

私は首を横に振った。

「俺の方も似たようなものだよ。母は説得できたが、親父は頑固だからな……」

私は先生と結婚できればそれでいいのだけれど、先生はそういうわけにはいかないのかもしれない。

きっと本当の結婚式は、大好きな人のためにとっておきたいのだろう。

私は少しでも先生のそばにいたいがために、あんな無茶な提案をしたけど、先生のことを思ったら私の提案はすごく迷惑なことだったのかもしれない。

――今ならまだ白紙にできる。そんな思いが頭を掠めた。

本当に先生のことを思えばそれが一番いい。

だけど……。

そう思った時だった。

先生が私の頭にポンポンと優しく触れた。

ドキッとして顔を上げると、先生は優しく微笑んだ。

「心配しなくてもいい。あとは俺に任せてくれないか？」

「え？」

「元々この縁談は俺の親父が、君のお父さんに持ちかけたんだろ？　俺が白紙にすると言えば、文句も言えなくなるだろ」

「いいんですか？」

先生だけに負担をかけるのはなんだか申し訳ない。

「ああ、その代わりに一つだけ頼みたいことがあるんだ」

「はい」

私たちが向かった先は、なんとウェディングドレスショップだった。

――なぜ？

結婚式をシンプルにしたいと説得するのにこの店が関係あるの？

「桜沢さん？」

「説得の材料だよ」

「……はあ」

そう言われても私にはさっぱりわからない。

「結婚の意思があるというのを全面的にアピールするために、ウェディングドレスを試着した写真を撮って、ここまで真剣に考えているのにそれでも俺たちのやりたい結婚式ができないのなら白紙にすると言えば、きっと焦るだろう」

自信満々な先生だけど、そのためだけにここに？

レンタルショップならわかるけど、ここはレンタルなんかじゃない。

写真を撮るためだけ……大丈夫なのかな？

「あの……両親を納得させるために試着した写真を撮るならレンタルショップでもいいのではと思うんですが」

するとと先生が少し驚いた様子で私を見る。

私、何か変なこと言ったのかな？

「桜沢さん？」

「ごめん。いや、君ほどのお嬢様ならレンタルなんて論外じゃないのかなと思ってショップにしたんだが」

先生は私が急ごしらえのお嬢様だって知らないんだ。

確かに、普通のセレブならレンタルなんてしないだろう。

「す、すみません。令嬢らしくないですよね」

どうしても２ＤＫのアパート暮らしだった頃の生活感から抜け出せないのだ。

だけど先生は、

「なんで？　俺は好きだよ」

と微笑んだ。

――す、好き？

お嬢様らしくない素朴な感じが好きだと言っているのだろうけど、『好き』っていう単語だけでドキドキしてしまった。

「そう……ですか」

「とりあえず店に入ろう」

まさか先生とドレスを選ぶなんて思ってもいなかった。

正直何も考えていなかった。だってこんなの予定になかったからだ。

商業ビルの一階にあるそのショップはガラス張りで、外からでも店内が丸見えで人
一組のカップルが接客を受けているようだった。

とても幸せそうな笑顔で女性がドレスを選んでいるのを、男性が頷きながら見てい
る。離婚前提の私と先生とは真逆のようで、店に入るのを躊躇してしまう。

「どうした？　入らないのか？」

「え？　あっ……入ります」

先生に促されるように中に入ると、女性スタッフの一人が出迎えてくれた。

「いらっしゃいませ」

「予約していた桜沢です」

——予約していたの？

私はてっきり、話の流れでここに来たと思っていた。

「桜沢様、お待ちしておりました。担当させていただきます島崎《しまざき》と申します。今日は
よろしくお願いいたします」

「電話でも言いましたが、僕たちはまだ式場は決まってないんですが……」

「大丈夫ですよ。最近はドレスを先に選んでから、ドレスにあった式場を選んだりされるお客様もいらっしゃいます。それに一生に一度の舞台ですので、ご満足いくドレスをお選びください。お気に召したものがあればご試着も可能ですので……」

一生に一度……。

確かにその通りだ。

先生は違うかもしれないけれど、私にとっての一生に一度の結婚は先生とだけ。

とは言っても一つ問題がある。

私の首の手術痕だ。

先生はまだ私が織田音月だったということを知らない。

でもお見合いの時に、知っている人に似ていると言っていた。あの時は咄嗟に出た言葉かもしれないけど、私の首を見て思い出したらどう思うだろうか。

できればこの手術痕は入籍が済むまで隠しておきたい。

「何かご希望の形とかございますか？」

「あの……私、あまり肌の露出するようなドレスは苦手というか。落ち着いた感じのドレスがいいです」

このショップのドレスは、パリ、ニューヨーク、ロンドンなどのコレクションで選んだインポートドレスがほとんどを占めている。

一階は新商品の展示と、ヒアリングを行うスペースがあり、二階にはドレスの展示スペースとフィッティングルーム、三階にはタキシードなどの展示とフィッティングルームを設けている。

私たちは二階へ向かった。

大量のドレスの中から私の希望に合ったものを探すのは大変なので、担当の島崎さんが何点かピックアップして持ってきてくれた。

だが、彼女が持ってきてくれたドレスはどれも襟の大きく開いたものだった。

「ごめんなさい。彼の前では言いにくかったんですが……」

私は島崎さんに、首の手術痕が気になっていることを話した。

「できれば首が隠れるようなドレスがいいんです」

「かしこまりました。少々お待ちください」

しばらくすると島崎さんがドレスを数点持ってきてくれた。

私はその中の一着を選んだ。

「こちらはプリンセスラインのウェディングドレスです」

首から胸元、そして袖は七分までレースで覆われているドレスだった。

早速、試着してみることに。

柔らかなレースと大きく広がるスカート。そして大きく開いた背中もレースが施されていた。

「とても上品で、お似合いです」

「でも背中が……」

背中が私の思っていた以上に大きく開いていたのが気になった。

「とてもお綺麗ですよ。ヴィーナスラインって言葉ご存知ですか？」

「ヴィーナスライン？」

聞いたことがない。

「お背中にできる縦線のことです。お客様はほどよく綺麗にこのラインが出ているのでお背中の開いたドレスがすごく似合うんです」

自分では背中が綺麗かどうかなんて全然わからない。

見えない部分だから特に手入れもしていない。

だから褒められるのは戸惑うというか、どう反応したらいいのかわからなかった。

「せっかくですから、桜沢様にも見ていただきましょう。少々お待ちください」

私はいろんな角度から自分のドレス姿を見ていた。

本当に似合っているのかな？

私的には首の手術痕が見えないものがいいと考えていたが、それが自分に似合うかどうかまでは考えていなかった。

それにこれは親を説得する材料であって、実際に買ったりすることはない。

実際のこのドレスの値段に腰が抜けそうになったからだ。

「お待たせいたしました」

「どうですか？」

恐る恐る尋ねた。でも彼は黙ったまま。

——やっぱり似合わないのかな？　それともドレスそのものが気に入らないのかな。

「どうです？　とてもお似合いですよね。レースも最高級のものを使用しておりますし、スカート部分のラインも綺麗に出てます。特にお背中は本当にお美しいです」

島崎さんがベタ褒めする。

でも彼は私をじっと見つめるばかり。

「桜沢さん？」

「ご、ごめん。つい見惚れてしまった。とても似合っている」

桜沢さんまでベタ褒め？

お世辞がすぎると思ったけど、あまりにも真剣な眼差しを向ける彼に、何も言えなくなってしまった。

「すみません、写真を撮ってもかまいませんか？」

「どうぞ」

先生は私の写真を何枚か撮った。

これで私たちの目的は終わった。

ちょっと寂しい気もするが、実際の結婚式も今日を参考にしたドレスをレンタルすればいいぐらいに思っていた。

「音月さん、このドレスにしよう」

「え？」

「君にすごく似合っている。このドレスを着て式を挙げよう」

「で、でも」

ただ写真を撮るためだけに来たんじゃないの？　と目で訴えた。

でも先生は首を横に振った。

「サイズ的にはどうなんだ？」

「それはちょうどよかったです。特にきついところや大きすぎるところもないです。

でも……」

　まさかこんな展開になるとは想像もしていなかった。

「すみませんがこのドレスでお願いします」

　先生は島崎さんにクレジットカードを渡した。

「そ、そんなこと。私が払いま――」

　先生は私を制するように首を横に振った。

「そのぐらい俺に払わせてくれ」

　彼の力強い言い方に、私は頷くことしかできなかった。

　着替えを済ませると、島崎さんが会計のために席を外した。

　二人きりになると先生に笑顔が戻った。

「本当に似合ってた。君のドレス姿を一番に見られてよかったよ」

「そんなに褒められると恥ずかしいです」

「褒めてるんじゃなくて事実を言っているだけ。もっと式までに時間があれば既製品じゃなくオーダーのドレスにしたかったが……申し訳ない」

「そんなことおっしゃらないでください。私初めてなんです。男性に何かを買ってもらうなんてこと……だから嬉しいです」

それは素直な気持ちだった。
しかもその相手が先生なら尚更だ。
「じゃあ、俺が君にプレゼントをした初めての男なんだね」
先生が満面の笑みを浮かべた。
その笑顔に胸が痛くなるほどドキドキしていた。
もちろんそれを顔に出すことはできないので、心の中で自分の思いを爆発させていた。

それから二日後のことだった。
先生からメールが届いた。
《作戦成功。予定通り身内のみの挙式になった。君のドレス姿が決め手だった。次は式場だ》
思わず顔が綻んでしまった。
結婚が本決まりになったので私は職場に結婚することを報告した。
もちろんみんなは私の素性を知らない。
「ちょっと待って。付き合っていた人がいたの？」

「お相手はどんな人？」

矢継ぎ早の質問に戸惑いながらも、お見合いですと答えた。

「音月ちゃんてそんなに結婚願望強かった？」

「母の知り合いの方から縁談を持ちかけられて、一度ぐらい会わなきゃいけないと思い、お会いしたらすごく素敵な人だったので」

無難な回答だと思う。半分は当たっているだろうしね。

「だったら、自分のブーケを作りなさい。花材代は私からの結婚のお祝いにしてあげる」

オーナーからの思いもかけない申し出に驚いた。

「いいんですか？」

「いいのよ。一生に一度しかないのよ。自分へのご褒美だと思って最高のものを作ってちょうだい。もちろん宣伝に使わせてもらうけどね」

突然の結婚報告にもかかわらず、みんなからの祝福が嬉しかった。

でも同時に、みんなを裏切っているような後ろめたい気持ちもあった。

ところが、肝心の式場はなかなか見つからなかった。

それも仕方がない。普通は一年ぐらい前から式場選びを始めるのだろうけど、私たちには一年も時間をかけるほどの余裕はない。

先生は忙しい方なので、一緒に式場探しに行くことが厳しく、私と先生はそれぞれネットなどで調べて式場を探していた。

それでも三ヶ月以内で探すというのは現実的に厳しかった。

そんな中、先生のお休みに合わせて、新居探しに行くことになった。

マンションまで迎えに来てもらい、車に乗り込むと先生は私にクリアファイルを差し出した。

「時間もあまりないし、俺の方でいくつかピックアップしておいた。気に入った物件があれば今日見に行こうと思うんだが」

それはマンションの間取り図だった。

間取りは2LDKだが、部屋の広さはかなり広い。特にリビングの広さは二人暮らしには広すぎるものだった。

驚くのはそれだけではなかった。

「賃貸……ですか」

家賃が書かれていたのだ。

もちろん賃貸が嫌なわけではない。問題は家賃があまりにも高かったのだ。

「式までの時間もないし、一年限りなら賃貸の方が……と思ったんだけど」

「そ、そうですよね」

離婚することを前提で話を進めていることは仕方のないことだけど、家賃がなんとなくしっくりこないというか……。

どうしても昔の生活感から抜け出せない私の悪い癖だろうか……。

「あの……もう少しお安いところにしませんか？　正直私は住めるならどこでもいいくらいです」

すると先生はクスッと笑った。

「ドレスを見に行った時もそうだったたね。でも君のそういう堅実なところ嫌いじゃないよ。前にもいったけど、頭取のお嬢様って感じが全くなくてね」

——堅実っていうよりは貧乏くさいかも。

「本当にすみません。せっかく探してくれたのに……」

「そんなこと気にしなくていい。君なりに考えてのことだろ？」

考えてのことというより、家賃の額は私の一ヶ月のお給料よりも高かった。もったいないという理由だけ。

「私は桜沢さんが思うほど賢くなんかないです」

すると、先生は間取り図を自分の方に引き寄せた。

「だったら俺の提案聞いてくれる？」

「提案？」

「今俺が住んでるマンションに住むっていうのはどう？」

「え？」

「実は最初からその方がいいかなと思っていたんだけど、一応新婚だろ？　だから元々住んでるところじゃない方がいいのかとお――」

「それがいいです」

私は咄嗟に返事をした。

これには先生も驚いた様子だったが、すぐに笑顔になった。

「実はそう言うかと思ったんだよね。でも本当にいいの？」

こんなこと本人には絶対に言えないけど、先生の住んでる部屋に住めるなんて、すごくラッキーだった。

「はい。その方が桜沢さんも引っ越し作業をしなくてもいいでしょ？」

先生は忙しい方だし、その方が引っ越しの負担も軽く済む。

「全く君って人は、そんなことまで考えていたのか？　参ったな」

図々しかったのかな？

「ごめんなさい。余計なことを」

「違う違う。その反対だよ。ありがとう」

先生が私の頭をポンポンと撫でた。

そういう不意打ちは嬉しいけど、先生への気持ちがダダ漏れになってしまいそうで怖い。

「じゃあ、必要なものを買い足す形でいいのかな？」

「はい」

「もしかすると親たちがまた何か言うかもしれないが、その辺のフォローは俺に任せて」

「はい。いつもありがとうございます」

私たちの新しい生活の拠点は先生が今住んでいるマンションになった。

先生は多忙な方なので、できることはなるべくまとめてやろうということで、結婚指輪もその日に選ぶことになった。

案の定、先生はデパートに行こうとしていた。

予定では一年で離婚するのに、結婚指輪を買ってもいいのだろうかという気持ちがあった。

本音を言えば結婚指輪は嬉しい。

だけど……先生に必要以上の負担はかけられない。

ただ、先生ほどの御曹司ならそれに見合った指輪の方が断然いいと思う。

どうしよう。先生を困らせたくないけど、もし本当に別れる時がきたら高価な指輪もガラクタになってしまう。

「桜沢さん」

「何？」

「できればあまり高価な指輪は避けたいんです」

「それは堅実な意見？」

「安い指輪にして欲しいだなんて失礼だってわかってます。でも私たちには終わりがあるんです。だからその……ここまで完璧じゃなくてもいいのかなって」

「……君の意見は一理あるね」

「もちろん、桜沢さんの立場や体裁もあるので、必要であれば従います」

先生は納得するように頷いた。

「わかったよ。君の意見に従う」

「いいんですか？」

「仕事柄、結婚しても指輪をしない者は意外と多いんだ」

自分で言っておきながら、すごく失礼なことを言ったと後悔していた。

でも先生の言葉にホッとした。

「じゃあ、どこで買う？」

「ショッピングモールなんてどうですか？」

「ショッピングモール？」

「はい。そこならジュエリーショップも何店舗かあるし、デパートよりはお手頃価格で購入できます」

「……お手頃価格ね」

先生がクスッと笑った。

もしかしてまた私ったら変なこと言っちゃった？

目が合うと、先生は慌てて首を振った。

「いや、やっぱり君はいい奥さんになれるなって確信したんだよ」

「そ、そんなことないです」

慌てて否定したものの、先生の『奥さん』という言葉に過剰反応して顔が熱くなった。

ショッピングモールは、祝日ともあって駐車場は満車状態だった。

「こういう時は屋上に限る」

というと車は立体駐車場に入った。

「満車だけど、こういうのはタイミングが合えばすぐに駐めることができるんだ」

自信満々な先生だがタイミングはなかなか訪れなくて……。

「ごめん、全然タイミングが合わないね」

苦笑いする先生。だけど私は先生と少しでも長く一緒にいられることが嬉しかった。

もちろんそんな素振りは出さないようにしていた。

でも心の中ではもう少しこのままでいたいと思った。

間もなくして運よく一台車が出たため、空いたところに車を停め、店内へ。

私たちはぶらぶら歩きながらジュエリーショップを探していたのだが、先生を見て振り返る女性の多いこと。

中には足を止め、先生を目で追う人もいる。

「どうかした？」

「え？　い、いえ別に」

全く気づいていないのか、それともわざと気づいていないふりをしているのだろうか。

「言いたいことは心に溜めないように。これから夫婦になるんだからね」

先生は私を見てニヤリと笑った。

「は、はい……」

すると目の前にジュエリーショップを発見したので早速入ることに。

先生は「すみません」とすぐにスタッフに声をかけた。

「いらっしゃいませ。本日はどういったものをお探しですか？」

「結婚指輪を」

スタッフは声には出さないものの、表情が変わった。

きっと先生のかっこよさに驚いたのだろう。

「結婚……指輪ですね。かしこまりました」

「ああ、できれば早く欲しいのだが」

「早めにですか……ものにもよるのですが、数週間から長くて二ヶ月ほどかかるのですが……ちなみにいつ頃までにご用意いたしましょう」

私と先生は顔を見合わせると声を揃えて、

「一ヶ月」

と答えた。

スタッフは一瞬顔を引き攣らせながらも、期日までに用意できそうなものを何点かピックアップしてくれた。

どうやら結婚指輪というものは、刻印を入れたり追加の加工に数週間かかるらしい。前から準備をしていたわけじゃない私たちは、聞くもの全てが初めて。

「そんなにかかるものなんだ。俺はてっきりすぐに受け取れるものだと思ってた」

「申し訳ございません」

スタッフは申し訳なさそうに謝るが、実際は何も知らなかった私たちがいけないのだ。

「いえ……正直デザイン性とかはこだわらないんです。お値打ちで結婚式までに間に合うものってどれですか？」

「……それでしたらこちらのシンプルなタイプになります」

「え？　デザイン性とかいいのか？」

彼はくすくす笑っている。

でも一度口に出してしまったらもう後には引けない。

「いいです」

勧められた指輪は本当にシンプルで飾り気のないプラチナリングだった。お値段も高すぎず、安すぎないものだった。

「私これがいいです」

「え？　これ？　本当に？」

「はい」

「すごくシンプルだけど君がいいと言うのならかまわない」

欲がないのではなく、欲を抑えてるだけ。本当は欲の塊だ。

でも今はこのままで十分幸せ。

何より私のわがままを嫌な顔一つせず受け入れてくれる先生の懐《ふところ》の深さが、私の気持ちをさらに大きくさせていた。


一週間後、またしても問題が起こった。

今度は私の仕事のことだった。

「本当にいいんですか？」

「じゃあ、君は俺が辞めろといったら辞めるの？」

「……辞めたくないです」

「妻が家庭に入らなきゃなんて考えは古いだろ」

「そうですけど……」

結婚するにあたり、義父から仕事は辞めるようにとお達しがあった。

義父は元々、私が外で働いていることをあまりよく思っていなかったからだ。

義理とはいえ、銀行の頭取の娘がフラワーショップで働いているというのは体裁が悪いということなのだろう。

でも私はこの仕事が大好きだから、仕事を辞めることは考えたこともなかった。

その代わりこれまで両親からの援助は一切受けず、一人で頑張ってきた。

ところが今回、西桜沢総合病院の院長の御子息との結婚が決まったことで、再び仕事を辞めるようにと勧告を受けた。

「君は西桜沢総合病院に嫁ぐようなものだ。フラワーショップだかなんだか知らないが、花の世話より夫の世話をすることが最優先。花など趣味で十分だろう。だからこの際仕事は辞めてもらう」

ただでさえ多忙な外科医の妻になるのだから夫を支えるべきだと、もっともな理屈を並べられて何も言い返せなかった。

でも私はこの仕事が好きだし、一年後には離婚するかもしれない。

そうなったら私が困る。

だからオーナーに、一年……いや半年でもいい。

生活が安定するまで仕事を休ませて欲しいとお願いしようと思っていた、そんな矢先だった。

だけど今まで先生にはいろいろとわがままを聞いてもらった手前、これ以上わがままは言えなかった。それでフラワーショップを辞めることを先生に伝えたのだが……、

「なんで？」

先生に間髪入れずに尋ねられた。

「なんでって……結婚するので……」

それまで優しい表情だった先生の顔が曇った。

「結婚して家に閉じこもりたいの？　花が大好きで今まで頑張ってきたんじゃないのか？」

好きで仕事を辞めたいわけではない。だけどこういうことは私だけの問題ではなく家と家との問題でもある。

「店のオーナーにお願いして、一年だけ仕事を休ませてもらおうかと思ってました」

「だから君はそれでもいいの？　専門学校に通ったほど花の仕事が好きなんじゃないの？」

「……そうですけど」

「じゃあ、仕事は続けてくれていいよ」

先生は、私の義父がなんと言ったか知らないけど、ただでさえ勝手に決められた縁談を受けたのだから、仕事のことまでとやかく言う権利などないと言ってくれた。

男性だからとか女性だからではなく、お互いに協力し合うことが大事だとも。

だから、もし義父から何か言われるようなことがあれば、俺が君を守ると言ってくれた。

好きでもない私に対してここまで気を遣ってくれるのだから、先生が思いを寄せている人にはもっと深い愛情を注いでいるのだろう。

結局、義父は、結婚後も仕事を続けることを許してくれた。

結婚が決まってからあまり日がなかったが、先生はお互いが納得できる形で結婚に臨みたいと強く望んでいた。

そのため不安要素があればすぐに解決策を練ってくれた。

「俺たちの結婚は特殊だから……いかに問題なく乗り切れるかが重要なんだよ」

好きでもない者同士が親の都合で結婚させられる。

一年という期間を問題なく過ごすことが大切なんだと言いたいのだろう。

先生とはそのあと数回会うことになったが、なんというかデートをしている感じは全くなく、打ち合わせをしている感じだった。

仕事の合間を縫って、しかもお互いの都合のいい日となるとかなり難しかった。

私はその間にマンションを引き払うための引っ越し作業にも追われた。

自分が持つブーケの案を出し、先輩たちからもアドバイスを受けた。

マンションを引き払ったのは挙式の一週間前。

そして指輪ができたのも挙式の数日前、とギリギリセーフ。

自分の荷物のほとんどを先生のマンションへ運び、挙式までの一週間は両親の住む豪邸で過ごした。

だけど、狭い部屋に慣れている私には、広すぎてあまり寛げなかった。

「はい。これが頼まれていた花ね」

「ありがとうございます」

結婚式を明日に控えた私は、ブーケ用の花をオーナーからいただいた。

「このお花は、音月ちゃんの結婚のお祝いだから、遠慮せず使ってね」

お店のみんなが私のブーケ代を出してくれたのだ。

といっても作るのは私。

実は自分の作ったブーケで結婚式を挙げるのが私の夢だった。

私にはこの結婚は最初で最後。

だからこそ満足いくブーケを作りたい。

だけど、どんな形にしようか、まだ悩んでいる。

ブーケにはいろんな形がある。結婚式でよく使われる丸い形が可愛いラウンドブーケ。楕円を描くオーバルブーケや滝のように下がった形のキャスケードブーケ。無造作に花を束ねたようなクラッチブーケ、ティアドロップブーケ。

一生に一度と思うとなかなか選べられず。頭を捻らせていた。

「あらあら、まだ取りかかってないの？　急げとは言わないけど、式は明日でしょ？」

スケッチブックと睨めっこをしている私を見た先輩が、声をかけてきた。

「そうなんですけど、考えすぎちゃって」

「一生に一度だもんね。ちなみに今の人気はクラッチだよね」

「そうなんです。最初はティアドロップにしようと思ったんですけど、クラッチも素敵だなって思って……」

　すると先輩は今まで作ったブーケの画像を私に見せてくれた。

「こういうのも参考にするといいんじゃない？　それとこの花は外せないっていうのあるでしょ？　そこからもイメージできるんじゃない？」

　今まで注文を受けたブーケを見るとイメージが湧いてきた。

「ありがとうございます。やっぱりクラッチブーケにします」

「いいじゃない。どの花使う？」

　私は迷わず白いバラを選んだ。

　あまりごちゃごちゃしたくないので、ホワイトとグリーンのブーケ作ることにした。

　白いバラといっても小さいものから大きいものまでいろんな種類があるので、そのなかから三種類選び、ホワイトスターやホワイトレース、スカビオサ、ユーカリにスモークグラスを使った。

　摘んだばかりの花を束にしたような素朴さを出し、茎を少し長めにとって真っ白なサテンのリボンを結んだ。

続いて同じ花材で先生用のブートニアを作った。

「できた」

私の声に、店にいたスタッフが作業場に入ってきた。

「どう？　できたの？」

「はい」

できた花束を見てみんなが、

「可愛い」

を連呼した。

「どうですか？」

感想を求めると、オーナーが真剣な眼差しでブーケをチェック。

「……素敵じゃない。音月ちゃんっぽさが出てるわよ」

「ありがとうございます」

出来上がったブーケをショーケースの中にしまう。

明日の朝早くにブーケを取りに行き、その足で教会に向かう。

「たくさん写真撮って、見せてね」

「はい」

式前日ということもあり今日は早く帰ることにした。

玄関を開け、廊下を歩いているとなんだかいい匂い。

「ただいま」

「おかえり」

母の声がキッチンから聞こえてきた。

キッチンに入るといい匂いの正体がわかる。

「あっ、唐揚げだ！」

「音月好きでしょ？」

「うん」

「カレーにしようかとも思ったんだけど、唐揚げにしちゃった」

母の作る唐揚げが大好きな私。

ニンニクと生姜、それに醤油。これが母特製の唐揚げ。外はカリッと中はじゅわーの秘密は、味付けをする前に肉を十分間水に漬ける。これだけで美味しくなるのだ。

他にもマカロニグラタンやコーンスープ。

どれも私の好きなものばかり。

盆と正月が一緒に来たようだ。

「音月の独身最後の日だと思うと、なんか好きなものたくさん作ってあげたくて」

母の気持ちが嬉しい。

「お母さんありがとう」

「それと今日は、お父さんも早く帰ってくるっていってるから、一緒に食べてくれるかしら」

私と義父の関係はまだ微妙な感じだけど母を困らせたくない。

「全然いいよ。何か手伝うことある？」

母の表情が明るくなる。

「お皿出したりしてくれる？」

「はい。でもちょっと着替えてくるね」

部屋着に着替えると、夕飯の手伝いをした。

母と一緒にキッチンに立つのは久しぶりだ。

アパート暮らしの時は、二人でキッチンに立つのが普通で料理も特に教わったことはなく、母が作っているのを見て覚えた。

まだ母のように手際よくはできないけど、今の私があるのはやっぱり母の存在が大きい。

これからは先生のためにご飯を作るけど、気に入ってくれるだろうか。

それから三十分も経たないうちに義父が帰ってきた。

義父も唐揚げの匂いに誘われるようにキッチンに入ってきた。

「おかえりなさい」

「ああ……ただいま」

お互いにまだまだぎこちない挨拶に母がくすくすと笑っていた。

「お母さん?」

「だってあなたたちロボットみたいにガチガチなんですもの」

確かに母の言う通り。

でも母が一生懸命場を盛り上げようとしているのが手に取るようにわかる。

「すみませんね。ロボットなんで」

義父も少し照れた様子で、

「着替えてくる」

と言ってキッチンを出た。

それから食事となったが、一つだけ発見したことがある。

義父と私の食の好みが似ているということ。

そのことを母に聞いてみた。

すると母は笑った。

「そうなの。彼と音月の好きな食べ物が一緒なのよ。お母さんがあの人と結婚しようかなと思った理由の一つはそれなの」

「え？」

母が義父を選んだ理由の一つを結婚前日に知った。

お風呂に入ったあとは、この洋館唯一の和室が今日の寝室。

和室にシングルの布団を二組敷いて、何年かぶりに母と二人きりで過ごし、懐かしい話で盛り上がった。

だけどは母は、自分は好きな人と結婚したのに、娘にはその自由が与えられなかったことが母として悔しいと泣いていた。

「もう泣かないで……これでよかったんだよ」

それでも母はごめんと何度も謝っていた。

そして迎えた結婚式当日。

式場が決まったのはなんと二週間前だった。

キャンセルが出たと先生の方に連絡が入ったのだ。

この式場はとても人気があるらしく、キャンセルが出たのは異例とのこと。

でも私は三日前までその式場がどこにあるのかさえ知らなかった。

式場は自宅から高速道路にのって一時間半のところにあった。

海の見える小さなチャペルだと言っていたが……。

「すごい」

チャペルを見た私の第一声だった。

灯台のように海にとても近い場所に建てられた白いチャペルは、まるでおとぎ話に出てきそうな可愛い建物だった。

実際、少人数で式を行うチャペルらしく、二人きりの挙式をしたいカップルにとても人気があるとのこと。

そしてこの教会の目玉は、なんといっても海をバックに式を挙げられるということ。

だから予約困難で、今予約しても二年待ちということを聞いたのは簡単なリハーサルの時だった。

それにしても本当に素敵なチャペルだ。

だけどこんな素敵なチャペルで離婚前提の二人が式を挙げるなんて……。

――コンコン。

「はい」

「入るわよ」

ドレスに着替えてメイクも終わったタイミングで、母が入ってきた。

「まあ本当に素敵よ、音月」

母が駆け寄ってきた。

「ありがとう」

「とってもエレガントよ、きっと周侍くんも惚れ直すわよ」

「そうかな」

「そうに決まってるわよ」

私は鏡の前に立ち、首に手を当てる。

ボートネックの襟元はちょうど手術痕が見えるか見えないかのギリギリのラインだ。

それでも不安だった私は首を左右に動かし、最終チェックを行った。

「もしかしてこれがあなたのブーケ？」

「そう」

「とても素敵じゃない。音月らしさを感じるわ」

「それ、お店のオーナーにも言われた。でもすごく嬉しい」

「自分の結婚式で自分の作ったブーケを持てるなんて贅沢ね」

「うん」

しばらくすると、

「ベールダウンを行います」

とスタッフの方が呼んだ。

ベールダウンというのは新婦の母親や家族が花嫁のベールを下ろすこと。

魔除けの意味と、母親が手伝う最後の身支度という二つの意味があるそうだ。

実はこれ、母の強い希望だった。自分が再婚する時にベールダウンのことを知り、私が結婚する時は絶対にやりたいと……。

母の気持ちはすごくありがたかったけど、一年後に離婚する後ろめたさもあり、私的にはあまり乗り気ではなかった。

でも実際にやってみると、母との思い出が蘇り胸が熱くなった。

母もまた同じように目にいっぱいの涙を溜めていた。

「音月、おめでとう。幸せになるのよ」

母の言葉に、後ろめたさがさらにアップした。

でもここは、限られた時間を私なりに使って悔いの残らない、最高の一年にしようと決めた。

彼に愛されないことを悲しむのではなく、彼を愛することを幸せと思うのよ。

「はい」

私は力強く返事をした。

それから母は参列者席へと移動。

改めて鏡の前に立ち、自分の姿を見る。

とうとう先生と結婚するんだ。

なんとか一年は一緒にいられますようにと心の中で神頼みをする。

「それではご移動ください」

いよいよだ。

私はブーケを持った。

だが、ここで一つ大きな不安に気づく。

それはヴァージンロードを義父と歩くことだった。

ここの教会では簡単なリハーサルのみだったため、義父と歩くのは人生で初。

これって先生の妻になる前の試練かもしれない。

そう思うと余計に緊張してきた。

「大丈夫ですか？」

スタッフが心配そうに声をかけた。

「え？　あっ、はい」

本当に不安だ。

それはきっと義父も同じだろう。

「よろしくお願いします」

「ああ……」

義父とは会話らしい会話をしたことがないけれど、一つ感謝することがあるとすれば、彼との縁談を持ってきてくれたことだろう。

義父と桜沢院長が友人じゃなければこの縁談は絶対になかった。

ぎこちなく腕を組む時の気持ちは、まるで小学生がフォークダンスをする時の心情だった。

それは恐らく義父もそうだったのだろう。

でもそれは仕方がないこと。

だって私も義父も親子としては初心者に近いのだから。

スタッフの合図でチャペルの扉が開くと、私は彼の待つ聖壇前までのヴァージンロードを歩く。

前方には私を待つ先生の姿があった。

タキシードの胸元には私が作ったブートニアがついていて、ああ先生が私の旦那様になるのだという実感が湧いてきた。

さっきまでの不安よりも、緊張して歩き方さえぎこちなくなってきた。

私、本当に彼の奥さんになるのね。

4　誓いのキス

彼女が父親と一緒にヴァージンロードを歩く姿はどこかぎこちなさを感じた。ヴァージンロードを歩くのは人生で初めてのことだからだと思うが、それにしてもロボットみたいにガチガチな動きに笑ってしまいそうになり、唇に力を入れ固く結んだ。

それにしてもこの俺がまさか結婚することになるなんて……。

突然ホテルに呼び出され事実を知った時、断るつもりでいた。

だが、彼女があまりにもあの子に似ていて、彼女に織田音月さんを重ねてしまい、離婚前提の結婚なんてとんでもない提案に乗ってしまった。

だが正直、本当にこれでよかったのかと悩んだ。

結婚したくない者同士が、期限付きとはいえ、夫婦生活を送ることができるのだろうか。親が勝手に決めた縁談でも、ちゃんと話し合いをしてこの縁談をなかったことにする相談だってできたのでは？　と思ったりもした。

だが彼女のことを知れば知るほど興味は湧いた。

銀行の頭取の娘なら、今まで何不自由なく暮らしていたに違いない。嫌な言い方をすれば、苦労なんかせず、ぬくぬくと育った世間知らずのお嬢様と思っていた。

ところが、実際の彼女はその真逆だった。高級ブランド品を身につけているわけでもなく、服装もカジュアル。フラワーショップで働きながら一人暮らしをしている。

今までにないタイプというか新鮮さを感じた。

それを最初に感じたのは、二人の新居を決める時だった。

仕事の関係でなかなか会うことができないので、ある程度候補を出しておいてその中から新居を決めようと予めネットで物件を探しておいた。

相手は頭取のお嬢さんということもあり、あまり安すぎる部屋もどうかと思い、彼女の生活レベルに合うような物件を探したつもりだったのだが、彼女の反応はいまいちだった。

もしかしてもっと高級な部屋がいいのか？　と思ったのだが実際はその逆だった。

『あの……もう少しお安いところにしませんか？　私だけなら住めればどこでもいいくらいです』

これには正直目が点になった。

住めればどこでもいいなんて言葉は、想定外だったからだ。

でもそれはいい意味での想定外だった。

最終的に俺が今住んでいるマンションに住むことに決まったが、その時の彼女の表情がとても印象的だった。

離婚前提の結婚を提案した人とは思えないほど、嬉しそうに微笑んでいたのだが、織田音月さんの笑った時の表情にそっくりで、ドキッとしてしまった。

彼女が織田さんではないのはわかっていても、心の中で椎名さんが織田さんであって欲しいと思うようになり始めていた。

結婚式までの間に彼女と会った回数は決して多くはない。

デートらしいデートもしなかったし、会っても結婚式の打ち合わせがほとんどだった。

だけど会えば会うほど素直で純粋な彼女に惹かれ始めている自分に気がつく。

でもそれは、椎名さんに織田さんを重ねて見ているだけなのかもしれない。

両親たちを説得させる材料として、ウェディングドレスを選び写真を撮った。

ホテルの大広間での盛大な結婚式を望んでいた双方の両親たち。

だが、離婚前提で結婚する俺たちはとにかくひっそりと済ませたかった。

この時はまだ式場は決まっていなかったが、候補に上がった教会はどれも二人きりの式や少人数での挙式をメインに扱っているものだった。

だから両親にはこういう教会で、限られた人を呼んで式を挙げたいと言った。

その予定で彼女とこの教会に合うドレスをもう選んでしまった。

ドレスはとても似合っていたし、彼女自身もすごく気に入っている。

親たちが勝手に進めた縁談だったが、俺たちはその期待に応えた。

ドレスも選んで、結婚式に臨もうとしている俺たちの気持ちも考えて欲しいと彼女のドレス姿の画像を両親に突きつけた。

だが彼女をドレスショップに連れていったのにはもう一つ理由があった。

彼女は俺がずっと思いを寄せている女性に似ていた。

彼女とはもう六年ぐらい会っていないが、椎名さんは彼女を大人にした感じだった。

もしかすると彼女と椎名さんは同一人物なのでは……。

それを確かめたかった。結論から言うとわからなかったが。

彼女が織田音月だという証拠を俺は知っている。

首の手術痕だ。

俺が彼女の首にメスを入れた。

それが彼女の首にあれば、椎名さんと織田さんが同一人物ということになる。

だがそれを見ることができなかったのは、彼女の選んだドレスのせいだった。

レースのせいで確認できなかったのだ。

だが、俺は諦めてはいない。

いや、さらに彼女ではないのかという思いが強くなった。

あえて首の傷を見せないように、あのドレスを選んだかも知れないということだ。

話を戻すが、彼女の写真を母に見せると予想外の反応を示した。

「ここまで二人でしっかり決めているのならもういいじゃない。二人の意見を尊重しましょうよ」

と味方が増えたのだ。

「だけどな……そういうわけには――」

「お父さん、結婚式ぐらいもういいじゃない。周が何回縁談を断ったか忘れたの？やっと結婚する気になって、こんな可愛らしいお嬢さんをお迎えできるのよ。これ以上息子をビジネスの道具にしないでちょうだい」

珍しく母が父に文句を言った。

これには父も驚いたようで、

「もうわかった。この期に及んで結婚を白紙にされても困るからな」

ということでなんとか身内だけの結婚式となった。

そして今日結婚式を迎えることができた。

偶然にも人気のチャペルから急遽キャンセルが発生したと連絡があったからだ。


彼女の父親からバトンタッチする形で、聖壇前に並んだ。

彼女の顔はベールで見えないが、緊張感が伝わる。

賛美歌斉唱で始まり牧師による聖書朗読、そして牧師が二人に愛の誓いを確かめる。

誓約のあとに指輪の交換になる。

彼女はかなり緊張していたのだろう。微かに手の震えを感じた。

そして誓いのキス。

恋愛感情のない結婚でも、誓いのキスは結婚式を挙げる上でかかせないものだ。

だから事前に彼女に確かめた。

「本当にいいのか？ 見せ方によってはキスしているようにできるが」

好きでもない男とのキスを親族に見られるのは嫌じゃないかと思ってのことだった

のだが……。
「大丈夫です」
彼女は俺の目をまっすぐ見て答えた。
全て割り切っているのかと思っていたが、実際はそうじゃなかったようだ。
俺は彼女のベールを上げ、彼女に口づけをしようと顔を近づけた。
手も繋いだことのない相手に公開キスなんて……彼女にとっては苦痛なのでは？
やはり唇ではなく頬にした方がいいと顔を傾けたその時だった。
ふと彼女の首のあたりに目がいった。
——そんなまさか！
彼女の首に傷があることに気づいた。傷といってもそれは手術痕だ。
間違いない。外科医の俺が気づいたのだから。
やはり彼女は手術痕を隠すために、あえてこのドレスを選んだ。
あの時全くわからなかったのはここまで近くで見ていなかったからだ。
まさか式の最中に気づくなんて……。
今、俺と結婚しようとしている女性は間違いない。
織田音月だ。

嬉しい気持ちはある。でもどこか複雑な気持ちだ。

俺は彼女と結婚できることを奇跡だと思っている。

六年前にあんなひどい態度を取っても彼女のことを忘れられず、恋人も作らなかったし、縁談がくるたびに断っていた。

もちろん再会できる可能性は全くなかった。

けれど、もしかしたらまたどこかで再会できるのではと、確証のない期待をしていた。

でも彼女は俺との結婚を望んではいなかった。

俺が振ったことを恨んでいるのだろうか？

それとも彼女には他に好きな人がいるのだろうか？

幸いにも俺にはその答えを見つけるのに一年間という時間がある。

もちろんこの結婚を一年などで終わらせるつもりは毛頭ない。

なんとしてもこの結婚を継続させる。彼女をどれだけ愛しているかをわからせる。

今度は俺が追いかける番だ。

俺は彼女の唇に誓いを立てるべく、キスをした。

5 新婚初夜

人生で初めてのキスが、結婚式のチャペルだった。

しかも親族に見守られながら……。

式を終え、控室に戻った私は、まださっきの誓いのキスが頭から離れずにいた。

私の中では唇に軽く触れる程度だと思っていたし、形だけのものだと思っていた。

それなのに、彼のキスは濃厚で熱を持っていた。

しかも唇はしっかりと重なり、全く離れようとしない。

目を開けない方がいいと、何かに書いてあったから閉じていたけれど、先生の唇が離れる気配はなく、誓いのキス以上のキスだった。

牧師さんが「んんっ」と咳払いをしたところで唇は離れたが、私はあのキスの衝撃が大きすぎて控室に戻っても彼の唇の感触がずっと残っているようだった。

——コンコン。

「はい」

中に入ってきたのは母だった。

「あら、まだ着替えてないの？」

「疲れちゃって」

本当のことではあるのだけれど、キスのことで頭がいっぱいだったし、もう二度と着られないかもしれないこのウェディングドレスをもう少し着ていたかったのだ。

「そうよね。一生に一度きりのことで緊張したものね……と言いたいところだけど、時間が押してるから着替えてちょうだい」

「え？」

「え？　じゃないわよ。これから区役所に行って婚姻届を提出するんでしょ？　彼待ってるわよ」

「ああっ！　そうだった！　すぐに着替える」

結婚式で満足してはいけなかった。予定では今日中に婚姻届を提出するのだ。提出後は限られた親族のみでの食事会を予定している。

「そうそう、それとこれ。忘れないように」

そう言って母が差し出したのは戸籍謄本だった。

戸籍謄本は戸籍に記載されている全ての内容を写したもの。

ということはもちろん私の苗字が『織田』から『椎名』に変わったことも記されて

いるわけで……。

　バレる可能性は大あり……というより彼が私のことを覚えていれば完全にバレる。

　実は、この婚姻届に関して先生から式の前に提出しないかと提案があった。

　だけど私は適当な理由をつけて、式のあとにしたいと言ったのだ。

　もし、この戸籍謄本を先生が見て、私の正体がバレたら、結婚そのものが白紙になる可能性があると思ったからだ。

　でも結婚式を挙げてしまえば、理由はどうあれすぐに別れるとは言い難いだろう。

　だけどバレてしまうのは時間の問題。真実を知ったら先生はどう思うだろう。

　一年なんて長すぎる。半年で離婚だと言われるのかもしれない。

　それでも私は一日でも長く先生のそばにいたい。

「ありがとう」

「じゃあ早く着替えなさいね。片付けはお母さんがやっておくから」

「うん」

　急いで着替えを済ませ、控え室を出ると先生が待っていた。

　式で着ていたシルバーのタキシードも素敵だったけど、私は先生のラフな服装が好きだ。濃紺のイタリアンカラーのジャケットに白のカットソー、細身のパンツというカジュアルな服装。

「遅くなってすみません」

「大丈夫、俺も今来たばかりだ」

そんなの絶対、嘘。先生のそういう優しさに私はいつもドキドキして、好きじゃないふりをするのは大変なんだから。

私たちは婚姻届を提出するため、彼の車に乗った。

誓いのキスの余韻はなくなり、彼が、本当の私を知ったらと思うだけで緊張で胃が痛い。

私の戸籍謄本を見たら先生は一体どんな顔をするのだろう。

「どうかした？」

「い、いえ……なんでもないです」

こういうすぐ気のつくところも素敵なんだけど、気がつきすぎて今はちょっと……。

そうこうしているうちに区役所に到着。

今日は日曜日なので婚姻届は時間外窓口へ提出する。

私は車を降りる前に戸籍謄本の入った封筒を先生に差し出した。

先生もカバンの中から先日書いた婚姻届を取り出し、私の戸籍謄本を封筒から取り出した。

車のエンジンも切り、すぐに車から降りるのだろうとシートベルトを外したその時だった。

「やっぱり……君だったのか」

納得するかのように先生がつぶやいた。

私の鼓動がドクドクしだし、胃の奥に鈍い痛みを感じた。

「織田さんだったんだね」

——私のこと覚えてたの？

「そ、その……」

なんて言えばいいのだろう。先生が納得してくれそうな言い訳が思いつかずあたふたするばかり。

だけど先生は至って落ち着いている。なぜ？

「一つだけ質問させてくれ」

「……はい」

消え入りそうな声で返事をする。

「どうして黙っていたんだ？」

先生が私のことを知ったら、離婚前提の結婚はおろか、縁談までなかったことにしようと言われかねないと思った。

なんて言えるわけがない。

それにいまだに先生を忘れられなくて、新しい恋もできないなんて、先生にドン引きされそうだし、先生からしたら迷惑な話だ。

そもそも先生には心に決めた人がいる。だから私の恋は永遠に実らない。

そもそもこの結婚は私の身勝手から始まったようなものだ。

「すみませんでした。母が再婚して姓が変わったことを先生に言いそびれていただけです。母が再婚したのも三年前で……私自身この苗字に慣れてしまった。それだけです」

彼の求めている答えじゃないことはわかっている。

でも今は彼への気持ちを口にすることはできない。

先生の反応を知るのが怖くて下を向いていた。

だけど先生は、私を責めたりせず、

「早く行くよ」

と車から降りた。

「お、怒らないんですか？」

私も慌てて車から降りた。

「別に騙していたわけではなく、言いそびれていただけ……だろ？」

「は、はい」

でも内心まだ落ち着かなかった。

なぜやっぱりと言ったのか？　何か思い当たる節でもあったのかな？

「音月」

「え？」

「早く行くよ」

先生が手を差し出したのだ。

これって手を繋げってこと？

いやいや、その前に今、音月って呼び捨てした？

——どうして？

「何してるんだよ。突っ立ってないで早く行くよ」

そう言って私の手を掴んだ。

——え？

最悪の展開を予想していただけに驚きを隠せず、繋がれた手をじっと見つめた。

「なに驚いているんだ？　俺たちは今から婚姻届を出しに行くんだ。受理されたら正式な夫婦だ。手を握ったぐらいでビクビクされても困るんだけど」

確かにそうだけど……。

「いいんですか？　私でいいんですか？」

黙っていたことへの後ろめたさがあった。

私に不信感を抱きながら結婚生活を送れるのだろうか？

彼を悲しませるための結婚だけはしたくなかった。

「神様の前で誓ったのは嘘？」

逆に質問されてしまった。

「嘘じゃありません」

慌てて答えたものの、内心焦った。

だって今の答えだと、結婚したかったみたいな言い方だったからだ。

「じゃあ問題ないだろ？」

先生は満足そうに私に笑顔を見せた。

そして私たちは手を繋いで時間外窓口へと向かった。

記入ミスもなく無事婚姻届が受理され、私たちは夫婦になった。

そして車に戻ると、両家の家族が待つレストランへ向かった。

本当に内輪だけの食事会。

それでも私たちの結婚を家族は本当に喜んでくれていた。

父親たちは酒を酌み交わしながら、共通の趣味であるゴルフの話で盛り上がっていたが、次第に仕事へと話題を変えていった。

母は私同様、セレブの生活に慣れていないせいか、先生のお母様の話に圧倒されっぱなしの様子。それでもお互いに私たちの結婚を心から喜んでいるようだった。

二時間ほどの食事会が終わり、お店を出ると母が私を呼んだ。

「急な縁談で本当に音月はこの結婚を望んでいたのかって不安だったけど、二人の様子を見てお母さん安心した」

「え？　……うん」

「周侍さんは忙しい方なんだから、音月がちゃんと彼をサポートするのよ」

「うん」

私たちは結婚した。

正直目の前のことに必死で結婚した実感はあまり感じてなかったけど、母の言葉で自分が先生の奥さんになったことを実感した。

でもこの結婚は普通の結婚じゃない。

来年の今頃、自分はどうしているだろう。

先生が私の前からいなくなって一人になった自分を想像してしまった。

「音月？　どうかした？」

「え？　ううん。なんでもない。ちょっと緊張してきただけ」

どうなるかわからないし、こんな後ろ向きなことは考えてはダメ。

「そうなのね。ほら、周侍さん待ってるわよ。さあ行きなさい」

「うん。じゃあね」

先生は駐車場で待っていた。

「もういいの？」

「は、はい。ありがとうございます」

「じゃあ、行こうか」

私たちは車に乗りマンションへ向かった。

本来ならば新婚旅行に行くところだけど、外科医として多忙な先生。

手術の予定が詰まっているため、表向きは落ち着いてからということになっている。

だけどその予定はない。というより新婚旅行だなんてそんな贅沢なこと望んではいけないと思っている。結婚できただけでも奇跡に近いのだから……。

先生には愛する人と、本当の意味での結婚式を挙げて、その方と新婚旅行に行ってもらいたい。

旅行は無理でも先生のそばにいられるだけで私は幸せなのだから。

「さっきから黙っているけどどうかした？」

沈黙を破ったのは先生だった。

「いえ……ちょっと疲れたかなと思って」

「それより、お腹減ってないか？　さっきは全然食べてなかったけど……」

親族との食事会の席で私の箸は何度となく止まっていた。

結婚式の疲れとか、私が元患者だったことがバレたりとか、理由はいろいろあるけど、本当に先生は私との結婚に納得しているのかなと……。

私にとっての一年は短いけれど、先生にとっては長いのかなとか……。

そんなことをいろいろ考えていたら食べることを忘れていた。

「ちょっとお腹が減ったかも……」

すると先生がクスッと笑った。

「そんなことだろうと思って、店の人にサンドイッチを頼んで置いたんだ。後ろの席に紙袋があるから取って」

——え？　いつの間に？

やっぱり先生は気がきくんだから……。

「あっ、ありがとうございます」

後部座席にある小さな紙袋を取った。

中を覗くと野菜たっぷりのサンドイッチが入っていた。

私はマンションに着くまでの間にぺろりと平らげた。

それからしばらくして、二人の自宅となるマンションに到着した。

自宅は病院から車で十分ほどで着く距離にあった。

築年数の浅い高層マンション。その上層階が彼、いや私たちの部屋だ。

私の住んでいたマンションを引き払う際に、荷物を先生のお宅に送って、届いたと連絡を受けてから一度だけお邪魔したのだが、その部屋の広さに驚いた。

かなり広いリビングダイニングに部屋が二つの２ＬＤＫ。

二つの部屋のうちの一つは寝室で、もう一つは書斎として使っている。

広いウォークインクローゼットがあり、半分以上は未使用だから使っていいと言われた。

他に新たに買い揃えたものは食器などの日用雑貨類だが、それらは全て所定の場所に置かれていた。

基本自由に使っていいとのことなのだが、問題があるとすれば寝る場所。

「寝室なんだが……俺と一緒でもかまわないかい？」

十畳以上ある大きな寝室は、フローリングに白とグレーのもモダンな壁紙に大きなベッド、その横には大きな観葉植物が飾られていた。

シンプルだが、モダンで落ち着いた寝室だった。

私たちは夫婦になったわけだし、ここに私が寝ても何ら問題はない。

だけどそれでも先生はいいの？　だって先生には思いを寄せている人がいるわけだし、先生の方が私と一緒じゃ嫌なのでは？

もし私が先生の立場なら、絶対に抵抗がある。

なんて言えばいいのだろうと答えを探していると……。

「気になるようならベッドを買い替えるけど」

「いえ、私より先生の方が私と同じベッドで寝るのが嫌なんじゃないですか？」

「俺はかまわないよ。ただね……」

「は、はい」

「その『先生』って呼ぶのは嫌だ」

「え？」

ベッドの話ではなく私の呼び方の方が重要なの？

「俺たちは夫婦なんだし、職場で先生と言われ。家でも先生じゃあ心が休まらないんだけどね」

「ご、ごめんなさい」

結婚するまでは桜沢さんと呼んでいたが、入籍の際に私が元患者だとわかったのでつい先生と呼んでしまっていた。

心の中ではずっと先生呼びだったんだけど……。

じゃあなんて呼べばいいの？

桜沢さんだと私も一応桜沢だからおかしいよね。

じゃあ、名前？　周侍さん、周侍くん？　それとも周侍って呼び捨て？

私にはすごくハードルが高い。

「周でいいよ」

「え？」

「家族はみんな周と呼ぶんだ。俺もその方がしっくりくるし、音月さえよければ周と呼んでくれ」

「周……ですか？」

「ああ、それで……寝室の話に戻るけど、君さえよければこのままでもいいかな？」

「はい」

リビングに入ると先生は、

「疲れた～」

と言いながらウッドとファブリックの北欧スタイルの三人掛けソファに座った。

「何か飲みますか？」

「じゃあ、冷蔵庫の中に水があるからそれもらえるかな」

「はい」

「あっ、そのままでいいから」

冷蔵庫からペットボトルのお水を取り出すと、そのまま彼に渡す。

私も同じようにペットボトルを取り出し、コップに注いで飲んだ。

先生は勢いよくお水を飲むと、大きく息を吐いた。

「今日は疲れたね」

「はい。疲れました」

私は少し間隔を空けてソファに座った。

「でもまだ落ち着かないよね」

「ですね。まだ実感が湧かなくて……」

二人きりになって改めて私たちが夫婦になったと実感する。

交際期間もないまま結婚した私たち。

しかも離婚前提の結婚だなんて、改めて自分の大胆な行動に驚く。

結婚式まで時間がなく、この部屋に入ったのも今日が二度目だけど、今日からここが自分の家になるなんて不思議な感じだ。

でも呑気にお水を飲んで寛いでいる場合ではない。

私はお客じゃないのだから。

「あ、あの……お風呂。お風呂の準備してきます」

私はすぐに立ち上がり、バスルームへ向かった。

洗面室のドアを開けると広々とした洗面台と脱衣所があり、その奥にバスルームがあるのだが……。

――ガラス張り？

なんとバスルームと洗面室の間仕切りがガラスだった。バスルームも広めで浴槽は大きな楕円形で、大きな窓から見える夜景につい見入ってしまった。

だけどすぐに我に返る。

洗面室からバスルームが丸見えなのだ。

――別に一緒にお風呂に入るわけではないし……。

気を取り直し、給湯ボタンを押した。

リビングに戻ると、先生は誰かと電話していた。

「何かあったらまた連絡をくれ」

先生は電話を切ると、私に気づき「ごめん」と謝った。

「病院からですか？」

「ああ、三日前に手術した患者さんのことでね」

「大丈夫ですか？」

「大丈夫だよ。ちゃんと指示は出したし緊急ではないからね」

「そうですか……」

「でも仕事柄こういうことはよくあるし、今日みたいに指示を出すだけで済む場合もあれば、病院に行かなきゃいけない場合もある。そういう点では君に迷惑をかけてしまうこともあるが、よろしく頼む」

先生はペコッと頭を下げた。

「そ、そんな気にしないでください。そういうことがあることは想定内だし、理解した上で今こうして先生と一緒にいるんですから」

ところが先生はなんだか納得していない様子。

私、何か変なこと言ったかな？

「先生？」

「それ」

「え？」

「また先生って言ったね。いつまで俺のことを先生と呼ぶつもり？」

「ごめんなさい。なんか慣れなくって……意識して呼ぶようにします」

呼び捨ては気が引けるけど、先生がそれを望んでいるのだから……。

すると給湯が完了する音が鳴った。

「お風呂が沸いたのでどうぞ入ってください」

「先に入っていいよ」

「でも……」

私が先に入るのは気が引ける。

彼はスマートフォンを上げた。

「もしかすると病院から電話があるかもしれないから、先に入ってくれ」

「ではお言葉に甘えて」

ゆっくりと腰を上げると彼がくすくす笑いだした。

「お言葉になんて甘えなくていいよ。今日から君の家はここなんだから好き勝手に使っていいんだよ」

そうだった。結婚したのに実感が湧かないから落ち着かない。

そうは言ってもすぐに切り替えるのは難しい。

——徐々に慣れていくしかないよね。

ガラス張りがかなり気になるものの、大きなお風呂とそこから見える夜景が一日の疲れを癒してくれた。

そして自分が彼の奥さんになったのだとじわじわと実感した。

お風呂から上がり、ドライヤーで髪の毛を乾かしている時だった。

——コンコン。

「お風呂出た？」

洗面室のドア越しに先生に声をかけられた。

「はい」

返事をするとドアが開き、先生が入ってきた。

「随分遅いからちょっと心配になってね」

「ごめんなさい。髪の毛を乾かしていたので……でももう終わるので」

急いでドライヤーを片付けて、先生にお風呂に入るように言おうと振り向いた時だった。

服を脱いでいる先生の姿があった。

上半身はすでに裸で、まさにこれから下を脱ごうとしていた。

「ああっ！　すみません。今出ます」

慌てて洗面室を出ようとすると、先生と目が合う。

「そんなに驚くなよ。まがりなりにも俺たちはもう夫婦だ。夫が服を脱ぐだけでそんなに驚かれても困るんだけど」

確かにそうだけど、男性に対する免疫が全くない。

今まで男の人と生活したことがほとんどない私には、とても刺激が強いのだ。

だけど夫が服を脱ぐだけでヒーヒー言っているようでは、妻としては失格だ。

「ご、ごめんなさい。ちょっと驚いただけです」

本当はちょっとどころではないが冷静を装った。

先生は、

「……ならいいけど」

というとニヤリと笑った。

私は下を向いたまま急いで洗面室を出た。

リビングに戻り、ソファに座ると、安堵と不安の入り混じったため息を一つ。

私、本当に結婚したんだ。

小さな頃に父を亡くした私の夢は、王道の「お嫁さん」だった。

大好きな人と結婚して、幸せに暮らす。

お嫁さんというのは、ウェディングドレスを着た私の横に、結婚相手となる男性がいて、チャペルの前でライスシャワーを浴びている姿で、それが自分の夢だったような気がする。

そう、そこが私の夢のゴールだった。

だからその先のことまで何も考えていなかった。

そもそもおとぎ話だって、そのほとんどが王子様とお姫様が結婚し、仲良く暮らしましたとさ。で終わってる。

だから、おとぎ話の終わりと同じところが私の夢の終着点だった。

物語での結婚はゴールだけど、リアルではスタートだ。

結婚式挙げちゃいました、もうこれで思い残すことはない。では済まされないのだ。

しかも今日は結婚一日目。

子供じゃないのだから今日が新婚初夜だということぐらいわかってる。

おとぎ話には絶対にない場面だ。

このあとどうなるのだろう。

私たちは普通の結婚をしたわけではないけれど、私はどう振舞えばいいの？

先生は私に何を求めているのだろう。

離婚する予定ならある程度の距離をおいて生活しても不思議じゃないし、その方がお互い面倒がなくていいのではと思っていたし、きっと先生もそのように考えてると思っていた。

だけど先生はそうではなかった。

距離をおくどころか、距離を縮めているようだった。

もちろん先生のことが好きな私としてはすごく嬉しいけど、先生が私に優しくすればするほど私が先生にのめり込んでしまい、胸に秘めた思いが溢れてしまうのが怖い。

自分では先生への気持ちを顔に出さないようにしているつもりでも、もしこの気持ちが先生に伝わったら……。

「音月？」

突然呼ばれて振り返る。

首にタオルをかけスウェットの上下のパジャマ姿で、先生が現れた。

ドライヤーで軽く乾かしただけの無造作な髪は実年齢よりも若く見えた。

初めて見る彼の姿にドキドキした。

「は、はい」

「ソファの上で体育座り？」

不思議そうに私を見た。

「あっ、こ、これは」

慌てて足を下ろす。

何か考え事をする時は膝を抱えて座るのが昔からの癖だった。

「懐かしいな」

「え？」

先生は私の隣にピタッと距離を詰めて座ると、腕をソファの背に回す。

「君が入院していた時、ベッドの上で今のように座っているところを何度も見たよ」

「え？」

——そんなことまで先生は覚えていたの？

「俺が見た時は『う～』って唸ってたけどな」

え？　そんなの自分でも思い出せない。

だけど想像できる。きっと先生のことで悩んでいたと思う。

現に今も先生のことで頭がいっぱいだ）。

あの頃から全然成長していない自分が恥ずかしくなる。

「それって癖？」

「……はい」

それにしても先生は一体私のことをどのくらい覚えているのだろう。

でもこんなことを覚えているぐらいなのだから、私が告白したこともきっと覚えているはず。

『悪いけど……そういうの困るんだ』

そう言って私に背を向けた先生の姿は、今でも鮮明に覚えている。

「後悔していますか？」

思いきって聞いてみた。

「え？」

「私の提案に乗ったこと、後悔していますか？」

なんて答えるのだろうかとドキドキしながら先生の答えを待った。

「後悔していたら、婚姻届なんて出していないよ」

確かにそうかもしれない。

「変な質問してすみません。でもまさか私のことを覚えていたなんて」

その時だった。

先生が私の首筋に触れた。

あまりに突然のことで、驚きのあまり声が出ない。

先生は手術痕をなぞるように触れた。

「ドレスの隙間から俺がつけた痕を見つけたから」

「え？」

先生はまっすぐな目で私を見つめた。

先生との距離はグッと近づく。

お風呂上がりの先生からシャンプーの匂いがする。

それは私と同じ匂いだ。

「お見合いの時、君を見て驚いた。俺の知っている人にすごく似ていたからだ。だが、この手術痕と、戸籍を見て納得したんだよ」

「そうだったんですね」

すると彼が急にくすくすと笑いだす。

「もしかしてあのドレスにした理由ってこの手術痕を俺に見せたくなかったから？」

そうだけど、そこ笑うところ？

「……そうかもしれません」

はっきり言うと自分の本音がバレてしまうのではと思い、あいまいな返事しかできなかった。

「ふ～ん。前から気になってたんだけど、音月は俺との縁談を不服だと言ったよね」

「……はい」

「なぜ？」

表向きはそうだけど、結婚を強く拒んでいたのは先生の方だ。

好きな人がいるから結婚できないと電話ではっきりと言っていたじゃない。

私は元々結婚する気満々だった……なんていまさら言えるわけがない。

でもそれ以外で先生が納得できるような理由は……理由は……。

私は母が再婚した時の話を始めた。

一人で私を育ててくれた母が再婚すると聞いて私は手放しで喜んだが、五歳の頃から父のいない生活だった。

私はすでに成人していたため義父とどう接したらいいのかわからなくて、お互いにぎくしゃくした関係だった。生活も別々で、特別な用がなければ会うことがなかった。

「そんな義父に縁談話を持ちかけられた。しかもそれが政略結婚だったことに憤りを感じたんです。とはいえやっと掴んだ母の幸せを、私のわがままで壊したくなくて……」

母を引き合いに出すのはどうかと思ったが、これしか思い浮かばなかったのだ。

自分で蒔いた種とはいえ、好きな人を目の前にして本当の気持ちを封印するのがこんなに辛いなんて。

「じゃあ今は好きな人はいないの？」

「……そんな人いません」

あなたですなんて言えるわけがない。

「ふーん。いないんだ」

そう言いながら先生は私の首に触れ、私の心を覗くような目で見た。

触れられた場所が熱を持つ。

好きな人に触れられただけでこんなにもドキドキして、体が熱くなるなんて。

――こんなの初めて。

でもここで目を逸らしたり、恥ずかしがっていたら好きだってことがバレてしまう。

「好きな人がいたらあなたと結婚なんてしていません」

私は彼の目をまっすぐ見て強く答えた。

すると彼の表情が一変する。

今まで見たことのない『男』の顔だった。

鋭い眼差しの中に色気を含んだ熱い眼差しで見つめられた私の鼓動は、ドクドクと大きな緊張に包まれる。

一瞬何か気に障るようなことでも言ったのかと不安になったものの、先生に笑顔が戻り、ホッとしたのも束の間。

グッと顔が近づく。

それは今にもキスしそうなほどの至近距離だった。

男性との距離感がわからない私は軽いパニックだ。

結婚式での誓いのキスがフラッシュバックしてさらに鼓動が激しくなる。

何か言ってくれればいいのに、黙っているから余計にドキドキする。

——先生どうしたの？

そう思った時だった。

「……安心した」

予想外の言葉が返ってきた。

「え？」

何が安心なの？

私は全然安心じゃない。逆にドキドキして全く落ち着かない。

「寝るよ」

彼が立ち上がった。

「えっ、は、はい」

私はまだ何も安心なんてしないないのに……。

彼は何に安心したの？

その答えを聞く間もなくリビングの照明が落とされ、真っ暗になった。

そして先生が私の手を取った。

寝室のドアが開くと、彼のあとについて部屋に入る。

微かな視野を頼りにベッドの前まで行くと、彼の手が離れる。

たった数メートルのことなのに、不安になる。

ベッドの軋む音で、彼が先にベッドに入ったとわかると、続くように私もベッドに入る。大きなベッドは二人でも大きいくらいで、何もないとわかっていても緊張で落ち着かない。

私はベッドの端の方へ移動し横になる。

好きな人と同じベッドで寝ていると思うだけで目が冴えてしまう。

早く眠って朝が来て欲しい。

そんなことを考えながら目を瞑った。

「音月……もう寝た？」

「……いえ、起きてます」

「こっちへおいで」

包み込むような優しい声に『はい』と返事をして彼の腕に飛び込んでしまいたくなる。

でも頭の中ではたくさんの「どうして」という言葉で埋め尽くされていた。

彼の言葉を受け入れたらこのあとどうなるか、想像がつく。

彼はそういうつもりで私を呼んでいるの？

でも彼には好きな人がいるはずなのでは？

彼のために私は期限付きでの結婚を提案したのに……。

私は彼と結婚して、彼のそばにいられさえすればそれで十分だと思っていた。

もちろんこんな展開を期待していたわけじゃない。

むしろ、こんなことは望んではいけないと思っていたし、こういうことって好きな人とするものじゃないの？

それとも割り切っているというの？

「音月？」

なんで？

なんで私をそんな優しい声で呼ぶの？

そうじゃなくても結婚式での誓いのキスや、首に触れた時の彼の指先から伝わる熱に、私は勘違いしそうになっているのに……。

彼が何を考えているのかわからない。

だけど、私の胸の奥にしまった彼への気持ちが、私の迷いを溶かそうとしていた。

――何を迷っているの？

一年後には別れが待っているかもしれないのよ。今だけでも素直になったら？　本当はこうなることを心のどこかで望んでいたんじゃないの？

「素直に……」

思わず口にした時だった。

「音月……おいで」

先生が私を呼んだ。

それでもまだ迷っていて返事に悩んでいるその時だった。

「わかった。俺がそっちに行く」

びっくりして振り返ると、すでに先生は私のすぐ横にいた。

「え？」

「なんでそんなに驚くんだ？　俺たちはもう夫婦だろ」

「そ、そうですけど……」

――どうなっているの？

「結婚の意味わかってる？」

先生は背中を抱くようにくっついてきた。

言葉とは裏腹に声音はとても甘く、耳にかかった彼の息に体がビクッと跳ねる。

「ただ一緒に住むのは同居。音月は俺と同居するためにここにいるんじゃないよね」

もちろんそれはわかっている。

だけど、こういうことを望んでいないのは、むしろ先生の方だと思っていた。

だから離婚前提の結婚を受けたんじゃないの？

先生は私と本当の夫婦になることを望んでいるの？

この結婚に終わりのあるものだとしても……一年間は私が先生の奥さんだから……。

それでいいんだよね。自分自身に問いただし、

「私はあなたの妻です」

と答えを出し、彼の方に向きを変えた。

これが正しいのかはわからない。もしかしたら大きな過ちをおかしているかもしれない。

だけど、今は私が彼の妻なのだから迷わない。

だって今この人を独り占めできるのは世界で私一人だけなのだから。

「そうだ。そして俺は君の夫だ」

彼は満足そうな笑顔を向けると、ゆっくりその距離を縮めた。
唇に当たる感触は、誓いのキスと同じだった。
二度目のキス。
でもドキドキしすぎてどうしたらいいのかわからない。
このままでいいの？
するとほんの少し唇が離れた。といっても唇はギリギリ触れている感じ。
「もしかして、キスは初めて？」
仕方がないじゃない。好きになったのは先生以外いないのだから。
「だったら困りますか？」
精一杯大人ぶった言い方。
でも内心は心臓が破裂しそうなほどドキドキしている。
この先のことは何もわからないし、本当は心の準備は全くできていない。
結婚式のようなリハーサルもない。
ぶっつけ本番のようなものだ。
それなのに先生は優しく私の頭を撫でた。
「君の全ての初めてを俺がもらえるなんて、すごく贅沢だって思ってる」

それが嘘だとわかっていても嬉しくて、黙っていたら涙が出そうだ。
だけどそんな余裕を与えさせないような甘く蕩けるようなキスが続く。
彼の唇の感触に慣れ始めた頃、大きな衝撃は走る。
彼の舌が私の硬く緊張した唇を割って入ってきた。
歯列をなぞり、彼の舌が私の口内をかき乱す。
そして私を求めるように私の舌を絡ませる。
初めてのことにどうしたらいいのかわからない。
すると唇が離れた。
自分がどう呼吸しているのかもわからず、口がだらしなく開いているだけだった。
そんな私を彼は目を細めて見つめている。
「こんな蕩けた顔俺以外に見せるなよ」
返事をする間もなく再び唇を塞がれた。
私の舌に吸い付くように彼の舌先が絡み、激しさがます。
この先、私はどうなってしまうの？
全てが初めてで不安はある。
でも彼に求められることに喜びも感じていた。

先生はキスをしながら器用に私のパジャマのボタンに手をかける。

誰にも触れられたことのない私の体に彼の手が触れ、身につけていたものが徐々になくなる。

露わになった自分の胸を見られるのが恥ずかしくて、咄嗟に手で隠すものの、彼の目には抵抗など無意味だった。

「綺麗だ」

彼が私の肌に触れながら言葉を繰り返し、体がビクンと跳ねる。

「あっ……」

今まで出したことのない自分じゃないような声。

抑えようと何度も口を固く結ぶが、彼の手によってすぐに声が出てしまう。

「可愛いよ。もっとその声を聞かせてくれ」

囁くような甘い言葉が私を大胆にさせた。

肌に触れる指先が大きな刺激の波を作る。

堪えきれなくなった私の体は彼に触れられ徐々に高みへと向かっていく。

恥ずかしさはいつの間にか忘れ、先生と繋がっていることに幸福を感じていた。

彼は私の反応を確かめながら「音月」と何度も呼びかける。

私は彼の声に応えるように、「周」と名を呼びながら彼にしがみつく。

部屋に響く、息遣い。

それはだんだんと短くなる。

初めてで痛いはずなのに、離れたくない。

許されるのならこのままずっと繋がっていたい。

そして私は彼にたくさんの初めてを捧げた。

後悔なんてしていない。

ずっと好きだった人と、結ばれることが、こんなにも幸せで愛おしいと感じたことはなかった。

だけど二人の交わす会話に「好き」の二文字は聞こえなかった。

もちろんすごく欲しい言葉だったけど、贅沢なんて言っていられない。

だって私の選んだ道なのだから。

私は彼への思いを口にしない代わりに、彼に寄り添いながら眠りについた。

6　後悔と希望

寝ている音月の髪を撫でる。

「んっ……」

小さな寝息と無防備な寝顔。

今、君が俺の横にいることは奇跡に近いことだった。

結婚式の誓いのキス。

ドレスの隙間から首の手術痕を見た時の気持ちは、まさかというよりやっぱりという言葉の方が合っている。それでも確かな証拠が欲しかった。

だが婚姻届を提出する際にその謎は全て解けた。

彼女は俺がずっと会いたかった人……その本人だった。

それにしても彼女の親が再婚して苗字が変わっていたなんて……。

今回は全てが遠回りだった。いつもなら縁談がくるとまず俺に打診がある。

だが今まで俺に来た縁談は全て断ってきた。

だから両親が荒技を使った。

そのため知りたい情報はあとからわかって、最終的には入籍直前に彼女が織田音月だということを知った。

こんなことなら、もっとああしておけばよかった、こうしておけばよかったと思うことは山ほどあった。

結婚式、指輪、ドレス。

どれもやり直したい気持ちは多々あるが、全て彼女が選んだものなのは確かだ。

ずっと会いたかった彼女に会えたことは、両親にも感謝するべきなのかもしれない。

だが気になっていることはまだある。

音月は俺と違って事前に釣書を見ている。相手が俺だと知っていたのなら、なぜお見合いの席でそのことを言ってくれなかったのだろう。

もしかして、六年前のことを根にもっているからなのか？

じゃあ、一年後には離婚したいと言った理由は？

彼女の正体を知る前までは、単に政略結婚への抵抗と別の理由……。

例えば好きな人がいる？　そう思っていたが、そうではなかった。

『好きな人がいたらあなたと結婚なんてしていません』

母親に迷惑をかけたくないからこの縁談を受けたと彼女は言ったが、本当にそうなのだろうか……。

違うような気がしてならない。

時折見せる、嬉しそうな顔や、俺を見て恥じらう姿。俺を気遣う優しさ。

どれをとっても俺のことが嫌いだったらそんなことはしないだろう。

それでも俺とは別れるつもりでいる理由が知りたい。

知って離婚そのものを白紙にしたい。

俺はもう二度と彼女を失いたくない。

そのためだったらなんでもするつもりだ。

「愛している」

君が起きている時には言えないが、眠っている時は何度だって言う。

そして必ず君を振り向かせる。

たとえ君が俺に背を向けても諦めるつもりはない。

教会で誓った言葉は嘘じゃないから。

俺は眠っている彼女の額に唇を当てた。

7　私が妊娠？

「周、これ」

私はおにぎりが二つ入ったトートバッグを渡した。

「サンキュー。あまり遅かったら先に寝てていいから。音月も明日は仕事だろ？」

「うん。でも明日は遅番だから」

夕飯がもうすぐできるという時に、病院から救急の患者が搬送されたとの連絡が入った。

他の医師は別の急患に追われ、残りのインターンでは処置できないとのことだった。

周が急いで支度をしている間に、私はおにぎりを握る。

もう少し楽をしてもいいのにと思うことは多々ある。だけど仕事熱心で患者思いなところは昔から変わっていないし、そんな彼が私は好き。

「じゃあ、行ってくる」

「行ってらっしゃい」

結婚して三ヶ月が経った。

一緒にご飯を食べ、リビングで一緒にテレビを見ては同じところで笑い合う。

休みの日は一緒に買い物に行って、夜はくっついて寝る。

普通の夫婦と変わらない生活だと思う。

九ヶ月後には離婚するなんて考えられないほど私たち……いや、私は幸せで、そんな生活に慣れていることに時々不安を感じる。

結婚するまでこんな生活が待っているなんて思ってもいなかった。

私は彼が好きだけど、彼には結婚したい女性がいる。

だから最低限の会話に寝室は別々で、互いのプライベートには関与しない。

そんな生活を想像していたのに、いざ生活が始まるといい意味で裏切られた。

彼は休みの日に一人で出かけることはほぼない。

出かけるとしても病院からの呼び出しぐらい。

だから私は彼に好きな人がいることも忘れてしまっていた。

一年で別れるなんて想像もできないほど、私たちの関係は良好だった。

もしかしてこのままずっと一緒にいられるのではないかと思うようになっていた。

周からは日付が変わる頃にメールが入った。

《ごめん。急患が多くて帰れそうにない》

こういうメールは珍しくない。
《頑張って。明日着替えとお弁当持っていきます》
返信し、私はベッドに入った。

翌朝、外来の診察が始まる前に着替えとお弁当を持って病院の中庭で彼を待っていると、白衣を着た彼がやってきた。

「仕事前に悪いね」

「全然。私にはこんなことしかできないし……お弁当の一個も二個も変わらないよ」

「そっか」

そう言って荷物の入ったトートバッグを手渡すと、彼はすごく嬉しそうな笑顔を見せてくれる。

私は彼の笑顔に弱い。胸がきゅんとして、もっと見ていたい衝動に駆られるからだ。

「どうかした？」

「なんでもない」

こんな些細なことにも幸せを感じる。

「今日は早めに帰れると思う。帰る時にはメールするよ」

「うん。じゃあ、仕事行ってきます」

彼は私の姿が見えなくなるまで見送ってくれる。

そんな彼を愛おしいと思ったし、この生活が永遠に続くのではと淡い期待をしていた。


そんなある日だった。

母から突然電話が入った。

『今近くにいるんだけど会えない？』

結婚して以来電話やメールは何度かあったが、直接会うことはなかった。

周も仕事で家にいなかったので、私の家にくることになった。

初めて入る我が家に母は興味津々な様子。

「お嫁に行くのに随分荷物が少なくて、これでいいのかしらって不安だったけど……素敵なお部屋じゃない」

結婚の際に買い足したものは少なく、そのほとんどが周のものだった。

母は嫁入り道具ぐらい用意させてと言ったが、私はそれを拒んだのだ。

きっと母はそのことも気になっていたのだろう。

私が何不自由なく暮らしていることにホッとした様子だった。

「はい、コーヒー」

「ありがとう」

それでもやっぱりいろいろと気になるのか、コーヒーを飲みながらチラチラと部屋の様子を見ている姿が母らしい。

ところが母が急に表情を変え頭を下げた。

「音月、本当にごめんなさい」

なんで謝るのかわからず首を傾げる。

「どうしたの？　急に……」

「お母さんは好きな人と結婚したのに、娘にはそういう自由を与えてあげられなかったから……」

このことに関して母は何度も私に謝罪してきた。

でも私は逆に感謝している。

だって好きで好きで、振られても忘れられなかった周と結婚できたんだもの。

「もう、謝らないでいいって。彼とはうまくやってるし毎日が楽しいよ。そうだ、さっきカレーを作ったんだけど、お昼食べていかない？」

正直言ってこの話は早く終わらせたかった。

母の前だとついぽろっといらないことまで言ってしまいそうだったから。

「あら、いいの？」

「もちろん。母さんほど上手じゃないけど……」

「せっかくだからいただいていこうかしら」

「じゃあ、ちょっと待ってて」

キッチンに入りカレーを温めていると、タイミングよくご飯が炊けたので、炊飯器を開けたその時だった。

「うっ！」

突然吐き気が襲ってきた。

——さっきまでなんともなかったのにどうして……。

私は炊飯器の蓋を慌てて閉めたが気持ち悪さはしばらく続いていた。

「音月、どうかした？」

私が変な声を出したものだから母がキッチンに入ってきた。

「ごめん。なんか急に気持ちが悪くなって」

「……」

母は黙って私を見ているので話を続ける。

「炊飯器を開けたらムワッときて、なんか急に吐き気がしたの。なんでだろう」

すると母はなんだか嬉しそうに私の手を取った。

「音月……もしかしてあなた」

「ん？　何？」

「もしかして、赤ちゃんができたんじゃないの？」

「あ、赤ちゃん？」

母は何を言っているのかと思った。でもよく考えてみると、今月来ているはずのものがまだ来ていないことに気づく。

私の表情で母は何か感じ取ったのか、嬉しそうに私を見つめた。

「ねえ、そうなのね？」

「いや、わからない」

「わからないって……でもきていないのよね」

「……う、うん」

母は私の手を離すと、リビングのソファに置いてあったバッグを勢いよく掴んだ。

「お母さん、どうしたの？」

「妊娠検査薬を買ってくるに決まってるじゃない」
「え？　えー？」
母は、私が驚いている間に薬局に行ってしまった。
独りになった私の感情は、母とは違っていた。
あと九ヶ月で離婚する予定の私がもし妊娠していたら、周はどう思うだろう。
いや、妊娠と断定したわけじゃないし……単に気持ちが悪くなっただけかも。
だけど母が買ってきてくれた検査薬を使ったら……。
——に、妊娠してる！
検査薬は陽性を示していた。
どうしよう。
この時、この三ヶ月考えないようにしていたことを思い出した。
周には好きな人がいてその人との結婚を望んでいるということを……。
もちろん周との子供を授かったかもしれない喜びはある。
だって私は彼を愛している。
その彼の子供を身籠ったかもしれないのだから。
だけどその思いとは裏腹に、離婚するのに妊娠してしまってよかったのかと不安になった。

——彼になんて言えばいいの？

——コンコン。

結果を知りたい母が、催促するようにトイレのドアをノックした。

「ちょっと待って」

答えが見つかるまでこのことは母以外には口外しないようにしなくちゃ。

ゆっくりとドアを開けトイレから出ると、母が期待を込めた目で私を待ち構えていた。

「どうだった？」

「うん……そうみたい」

母は今にも飛び上がりそうな勢いで体を弾ませている。

「よかったじゃない。私おばあちゃんになるのね」

「でもまだ確定したわけじゃないから、悪いけどまだ誰にも言わないで欲しいの」

「そ、そうね。ちゃんと病院で診てもらってからでも遅くないものね」

「……うん」

喜びたいのに母ほど素直に喜べない。

彼の反応が気になっていたからだ。

「じゃあ、音月は座ってなさい。カレーを温めるぐらい母さんがやるから」

背中を押されるようにダイニングチェアに座った。

母は孫ができるかもしれない嬉しさなのか、鼻歌を歌いながらキッチンに立っている。

そんな母を見て、私の提案は間違っていないかと思わずにはいられなかった。

「……月？　音月、大丈夫か？」

「え？」

「なんか深刻そうな顔をしていたから」

なんの答えも見つけられないまま時間だけが過ぎた。

「ごめん。仕事のことでちょっと……」

「そうか……こっちにおいで」

ソファに座っている彼の横に座ると、彼は私の肩に腕を回した。

彼は私が何か言わない限り、無闇に聞いたりしなかった。

彼のそばにいると心がやすらぐ。

幸せすぎて時々目に涙が浮かぶ時さえある。

だけど赤ちゃんができたかも……なんてまだ周には言えない。

彼の手が私から離れるのではないかと思うと胸が痛くなる。

私は肩に置かれた彼の手に自分の手を重ねた。

彼は少し驚いた様子で、

「何？」

と尋ねた。

「周の手は大きくて、この手でたくさんの人を助けてるんだって。だからすごく落ち着くの」

私もこの手で助けてもらった。

「でも今は音月だけのものだ」

周はとても優しい。

たくさんの患者さんを抱える外科医で、仕事もすごくハード。

時間外の呼び出しだってあるのに文句一つ言わない。

その上、こうやって家のこともすごく協力的。

このかけがえのない時間が永遠に続けばいいのに。

私はいつの間にかすごくわがままになっていた。

「おめでとうございます。今九週目ですよ」

「そう……ですか」

先生から画像を見せてもらうと、人のような、豆のようなそんな形が見えた。

まだまだとても小さいけど、実際に赤ちゃんの様子を見てしまったら、嬉しさの方が大きかった。

彼との赤ちゃんが私のお腹の中で頑張って生きている。

だけどこのことを彼にどう説明したらいいのだろうか。

実際、今日行った病院は自宅からほど近い産婦人科。

もちろん西桜沢総合病院にも産婦人科はある。

だけど、彼にどのタイミングで妊娠を告げればいいのか決めかねている段階で、彼の病院で受診をすることはできなかった。

それに私が産婦人科を受診していることがバレたら、周はもちろんのこと、院長であるお義父様の耳に入るのは時間の問題だと思ったからだ。

この子を産むと決めたけど、彼にいつ、どのタイミングで妊娠したことを言うべきか、答えが出ないまま時間だけが過ぎた。

妊娠がわかると私の体調に変化がおきた。

気持ちが悪くなって、横になることが増えた。

炊飯器の匂いもダメになったし、魚の匂いも気持ち悪くなり、スーパーに行っても魚売り場を避けるほど。

もちろん周の前でも気持ち悪くなることが増えた。

だけど、彼の前では必死に堪えた。

それはまだ彼に妊娠を告げる勇気がなかったからだ。

ところがわかる人にはわかるようで、

「音月ちゃん、間違ってたらごめんね。もしかしておめでた?」

オーナーの澤田さんに妊娠していることを気づかれたのだ。

「……わかりますか?」

「わかるわよ~。だって最近の音月ちゃん、炭酸水ばかり飲んでるじゃない」

自分にとっての気持ち悪さ対策は炭酸水だった。

「本人はバレていないと思っているようだけど、わかる人にはわかるのよ」

子育て経験者のオーナーの言葉は説得力がある。

「それで今何ヶ月なの？」

「三ヶ月です」

「あら～おめでとう。旦那さん喜んでるでしょ～」

「……はい」

まさか知りませんとは言えない。

オーナーは、自分も出産経験があるからなのか、無理はしないようにと気遣ってくれた。

私としては今後どうなるかわからないので、働けるうちはギリギリまで働きたというのが本音。

とはいえ、オーナーに気づかれてしまうということは、いつまでも周に黙っているわけにはいかないのかもしれない。

そんな時、母から電話がかかってきた。

『ねえ、どうなったの？』

自分のことで精一杯で母に連絡することをすっかり忘れていたのだ。

「連絡が遅れてごめん。今、三ヶ月だって」

『音月、おめでとう』

スマートフォン越しに聞こえてきたのは、母の嬉しい悲鳴だった。

嬉しい反面まだ大きな課題が残っている私としては、手放しで喜べるまでには至っていない。

「ありがとう」

まだ周にも伝えていないので、母には、安定期に入るまでは誰にも言わないで欲しいとお願いした。

ちゃんと私の口から周に伝えたいのだ。

母は私の気持ちを尊重すると言ってくれた。


それから一週間が経ったが、相変わらずつわりは続いている。

料理中に気持ち悪くなると、咄嗟にマスクを着け、わざと咳をする。

実際、炊飯器から出てくる蒸気には妊娠発覚時以来ずっと悩まされている。

魚の生臭さもまだ慣れる気配はない。

周が家にいる時はマスクを着けている。

風邪気味だから周にうつしたくないと誤魔化しているが、こんな作戦長続きしないだろう。

そしてその日の夜中。

周の仕事用のスマートフォンに電話が入った。

「ああ……患者の容態は？　……うん……うん……わかった。二十分以内に着くようにするから準備を頼む」

周は小さなため息をつくとゆっくり体を起こした。

「呼び出し？」

「ああ、急に症状が悪化したみたいで……行ってくるよ」

「気をつけて」

「うん。でもちょっと充電させて」

周が私に覆い被さり、キスをした。

どっちが充電されているのかわからないほど、彼のリードするキスに私の方が蕩けてしまう。

名残惜しそうに唇が離れると、周がおでこにキスをした。

「行ってきます」

「周、明日は何時までかかりそう？」

「患者さんの容態にもよるけどなるべく早く帰りたいかな」

「じゃあ、もし帰ってこられなかったらメールちょうだい。明日朝ごはん持っていくから」

「わかった」

そう言って周は病院へ向かった。

結局その晩周は帰ってこられず、翌朝、病院の中庭で周を待とうと思った。

けれど朝からちょっと調子が悪いというか、吐き気がなかなか治らず、オーナーの澤田さんに少し遅刻をしたいと連絡をすると、無理せず休みなさいと言ってくださった。

オーナーの厚意に甘え仕事を休むと、いつもより少し遅めに家を出て周の待つ病院へ向かった。

いつも待ち合わせに使っている中庭に着くと、周がベンチに座って待っていた。

「遅くなってごめんね」

「大丈夫だよ。昨夜から働き詰めだから外の空気を吸いながらの休憩ってとこ」

私は彼の隣に座ると、持ってきたお弁当の入ったトートバッグを差し出す。

「はい、朝ごはん」

「サンキュー」

周は早速おにぎりを取り出すと、頬張る。

「んっ、うまい」

私は彼の食べる姿を見るのが大好きだ。

料理は母ほど得意ではないけれど、周はお弁当を残したことはないし、いつも美味しそうに食べてくれる。

こういう些細なことも私にはかけがえのない時間だ。

だが突然、周の動きがピタッと止まった。

「はあ〜。呼び出しだ」

露骨にため息をつく。

こういう時なんと声をかければいいのか迷う。

「ごめんな。もう行かないと」

「うん、でもあまり無理しないでね」

「あ〜あ」

周が私の手をぎゅっと握りながら空を見上げた。

「どうしたの？」

「二、三日連休もらって音月と温泉かどこかに行きたいな〜」

「温泉？」

「だって俺たち一度も旅行に行ってないだろ。露天風呂付きの温泉で二人でまったりしたいな～」

確かに私たちは旅行に行ったことはない。

新婚旅行だって行っていない。だから私も旅行に行ってみたい。

だけど今はちょっと厳しいかも。

すると肩をポンと叩かれる。

「じゃあ、行くよ。弁当サンキュー」

「はい」

彼に手を振って見送ると、私はもう一度ベンチに座った。

そして自分のお腹に手を当てる。

『周、私たちに赤ちゃんができたのよ』

って言えたらどんな顔するのかな？

いつ妊娠のことを言えばいいの？

時間が経てば経つほど言いにくくなって、自分でハードルを上げているような気がしてため息をついたその時だった。

急に大きな吐き気が襲ってきた。

吐くほどではないが、気持ちが悪くて私はバッグから炭酸水を取る。

何かの匂いに反応してならわかるけど、外にいるだけで気持ち悪くなるのは初めてだった。

炭酸水を飲み、大きく息を吐いた。確実につわりがひどくなっている。

「はぁーあ」

もう少しだけここで休憩しよう。

ぐったりともたれるように座って、落ち着くのを待っていた。

すると男性が私の前を通り過ぎた。

ところが、何かを思い出したかのように戻ってきた。

「もしかして……音月？」

私を知ってる人って誰だろうと思い、顔を上げると、すらっとしたスリムな体型、シャープなフェイスラインにくっきり二重。

見覚えがあるこの顔……え？

「朔兄《さくにぃ》？」

朔兄こと冨樫朔也《とがしさくや》は、母と二人で暮らしていたアパートの近くに住んでいたおさななじみだ。

年齢は私より三つ年上だから二十九歳だろう。

もうかれこれ十年以上会っていなかった。

私の知っている朔兄のイメージは学生服だった。

今目の前にいるのは、細身の濃紺のスーツを着た大人の男性だ。

元々近所ではイケメンくんと呼ばれ、同年代の人はもちろんのこと、近所のおばさまたちからも人気があった。

私の住んでいたアパートのちょうど真向かいの家に住んでいた。

朔兄は両親と庭付きの戸建てに住んでいたのだが、よく女の子と並んで歩いている姿を目撃した。

朔兄が女の子と歩いているのを見るたびに、高校生になったらきっとこういうふうに男子と一緒に帰るんだと甘い想像を掻き立てていたが、現実は甘くなかった。

朔兄は大学進学を機に一人暮らしを始めた。

それ以来会うことはなかった。

そんな朔兄とまさかこんなところで再会するなんて思いもしなかった。

「まさかこんなところで再会するとは……」

朔兄は懐かしむように私を見ているが、私は吐き気で正直横になりたい気分だった。

とはいえ、そんなこと本人に言えず、

「ちょっと用事があって今休憩していたの。そういう朔兄は？　スーツ姿ってことは仕事か何か？」

というのが精一杯だった。

「上司がここに入院しているんだよ。なかなか時間が取れないからお得意様まわりの途中にお見舞いに来たんだ」

「そうなんだ」

小さい頃の私は内向的で、唯一遊べる男の子は朔兄だけだった。

といっても小学生まで。

朔兄は元々頭もよくて着ている服もブランドものが多く、きちんとした家のおぼっちゃまという感じだった。

だから私なんかと遊ぶのはどうなのか？　と子供ながらに感じていた。

朔兄が中学生になると、部活とか塾とかで疎遠になるのは自然な流れだった。

「音月は今何やってるの？」

「フラワーショップで働いてる」

「なんか音月らしい感じがする」

「そう？」

久しぶりに再会したが、そういう感じにさせないのが朔兄のいいところ。

でも私の体調は悪いままだった。

——早く家に帰って横になりたい……。

いつまでも私がここにいることを周が知ったら心配するだろうし……。

「朔兄、せっかく会えたのにごめん。私これから用事があるから」

つわりとはいえず、誤魔化しながらベンチから立ち上がろうとした時だった。

さらに気持ち悪くなって咄嗟に手で口を塞いだ。

「おい、音月大丈夫か？」

「だ、大丈夫」

「全然大丈夫って感じじゃなさそうだぞ。とりあえず座れ」

朔兄に支えられるようにもう一度ベンチに座る。

「なあ、医者に診てもらった方がいいんじゃないか？　なんなら、俺が誰かを呼んで——」

「いいの！　病気じゃないから」

私は朔兄の腕を掴んだ。

今ここで誰かを呼ばれたら妊娠がバレてしまうかもしれない。

「じゃあ、なんなんだ」

本当のことを言わないと引き下がるような雰囲気じゃない。

「妊娠してるの」

「……え？」

朔兄の目が点になっているのが見てわかる。

「そんなに驚かないでよ。信じてないんでしょ？」

「いや、そういうわけじゃないけど……でも正直驚いてる。じゃあ、結婚は」

「うん」

昔から朔兄にだけはなんでも話せた。勉強のことも、ちょっとした悩みとかも……友達とかおさななじみというよりはお兄ちゃんのような存在。

父を幼い時に亡くしていたから、余計にそう思っていたのかもしれない。とにかく朔兄は頼りになるお兄ちゃんだった。だからなのか、しばらくぶりに会ったのに、朔兄にはつい自分のことを話してしまう。

母が再婚し、織田から椎名に変わったことや、数ヶ月前に結婚したこと。

そしてそのお相手がこの病院の外科医だと言うことを……。

妊娠したけど、まだ夫に話せないでいることまでつい話してしまった。

だけど話を聞いていた朔兄の表情が曇る。

「なんで自分の旦那に妊娠のこと言えないんだよ。何か理由があるのか？」

まさか離婚を前提に結婚したとは言えず、なんて答えようか考えていると、

「どんな理由かは知らないけど、子供ができたことも言えないならそんな男、とっと別れた方がいい。普通はすぐにでも伝えるだろ？　俺にはわからないよ」

私は首を横に振った。

「朔兄はそう思うかもしれないけど……彼はいい人よ。私にはもったいないぐらいの人」

「だったらなんで話さないんだよ？」

「私が悪いの……」

きっと周は喜んでくれる。

だけど、今後のことを考えると不安になる。

だから言えないのだ。

朔兄は私の考えに納得できないのか眉間に皺を寄せ、唇を噛みしめていた。

だからといって私が、ここまでの経緯を話したところで、この表情を変えることはできないだろう。でも朔兄にわかってもらおうとは思っていない。

これは私の問題なのだから。

「朔に――」

「なあ、こんな時に言うことではないかもしれないけど……俺はここで音月と再会したのは偶然じゃないと思ってる」

朔兄が突然私の手を握った。

「朔兄？」

「音月が妊娠していることを旦那は知らないんだろ？　俺じゃダメか？　そんな旦那とは別れて俺と一緒にならないか？」

何を言いだすかと思えば……。

「何を言っているの？　いくら朔兄でも冗談がすぎるよ」

だが朔兄の表情は真剣だった。

「冗談でこんなこと言えるわけないだろう？　俺は音月が中学生の頃から好きだったんだ」

それは耳を疑うような爆弾発言だった。

確かに小さい頃はよく遊んだし、嫌いじゃない。でもそれは兄に対するような感情で、朔兄に恋愛感情を抱いたことは一度もなかった。

私の初恋の相手は周なのだから。

「ごめんなさい。私には彼が一番なの。彼以外の人は考えられないの」

「でも俺は心配だよ。音月がつわりで苦しんでいるのに、お前の旦那は何も知らないんだよ。こんなことならもっと早く気持ちを伝えておけばよかったよ」

正直、今そんなことを言われても、どう返せばいいのかわからない。

確かに朔兄は私のことを心配して言ってくれたのかもしれないけど、私の気持ちは変わらない。

「心配してくれるのはありがたいけど、私は大丈夫だから」

「わかった。でももう一度真剣に考えて欲しい。これが俺の連絡先だから」

そう言って、無理やり私の手のひらに名刺を乗せると、彼は上司のお見舞いのため病院の中へ……。

私はというと、あまりの衝撃にさっきまでの吐き気は止まっていた。

朔兄が私のことをそんなふうに見ていたことが信じられず、しばらくベンチから立ち上がれなかった。

8　ベンチの男

「先生？　先生？」

「ん？」

「何を見ているんですか？」

看護師が身を乗り出すように窓の外を見ている。

「あれ？　あの方って先生の奥さんですよね。もしかして今日もお弁当届けてもらったとか……」

「まあ……」

「あれ？　あれあれ？　先生見てくださいよ。奥さんの隣にイケメンが！」

知っている。

看護師が男の存在に気づく前から俺は見ていたのだから。

俺が呼び出しを受け戻ってきた頃だった。いつもなら弁当を渡したらすぐに帰る音月が、珍しくベンチに座ったままだったから体調が悪いのかと心配になって窓から見ていた。

実は最近音月の様子がいつもと少し違うのだ。

何がと言われると説明に困ってしまうところなのだが……。

その時だった。スーツを着た男性が、音月の前で立ち止まった。

音月の表情は俺の位置からは見えないが、男性の表情ははっきりと見えた。

二人は知り合いのようでしばらく話をしていた。

会話が弾んでいるのか、男は一向に立ち去ろうとしない。

音月の握ってくれたおにぎりを食べながら見ているというのはなんとも複雑な気持ちだ。

するとと看護師がさらに身を乗り出す。

だがここは三階で二人の会話は聞こえない。

「先生！」

「何？」

すごく気になるものの、看護師がいる手前二人の様子を上から覗き込むようになど見られず視線を逸らしていたのだが、看護師に呼ばれて音月たちの方を見た。

すると男が音月を支えるかのように肩を抱き寄せたのだ。

周りに誰もいなければ、この窓を開けて『俺の嫁に手を出すな』と言いたいところだが、周りの目もあり、グッと堪えることしかできない。

それにしてもあの男……初めて見る顔だ。一体何者だ。

「やっぱり先生、残業減らすべきですよ」

「え？」

「新婚なのに、ろくに休みもとってないじゃないですか。なんでも自分でやろうとしないで他の先生に振って、奥さんとの時間を作るべきですよ」

まさか同僚である看護師に俺の私生活を心配されるとは思いもしなかった。

「助言はありがたいが、連絡してくるのは君たちだろ」

「……そうですけど」

別に看護師たちのせいにするつもりはない。

現に俺は絶対に断らないし、看護師に指示を出すだけではなく、自分の目で確認したいタイプの人間だから基本かかってきた電話は断らない。

すると誰かが背中をポンポンと叩いた。

看護部長だった。

「看護部長？」

「先生、今日は早めに帰ってください」

まさか看護部長にまで言われるとは思わなかった。

「桜沢先生、何かあれば俺たちがやりますんで」

同じ外科の先生にも言われてしまう始末。

もしかして同情されてる？

「なんかすみません。じゃあせっかくなので今日は早めに上がります」

「謝らないでください。大体先生は働きすぎなんですから」

音月の様子をずっと見ていた看護師に言われてしまったが、すかさず看護部長から
「あなたが言わなくてもいいの」と注意を受け、場はどっと笑いに包まれた。

だが正直笑っている場合ではない。

もしかすると音月が俺に離婚を前提の結婚を提案した本当の理由に、あの男が関係しているのではと思わずにはいられなかった。

別に音月を疑っているわけではない。

だけど彼女のことを思えば思うほど不安になることがある。

人を好きになることは、幸せだけど時々苦しくなる。


「ただいま」

いつもより早い帰宅に音月は驚いていた。

「どうしたの？　今日は早くない？」

「みんなが働きすぎだから早く帰れって……」

「そうなんだ。でも私もそう思います。今ちょうど夕飯の支度中なんで先にお風呂どうぞ」

音月の様子はいつもと変わらない。

「……じゃあ先に風呂入ってくるよ」

そうは言ったものの、今朝からのモヤモヤは解消されないままだ。

ベンチで一緒にしゃべっていたのは誰？　って聞くだけなのに、怖くて聞けない。

こんな気持ちになるのは生まれて初めてのことで、自分でも驚いている。


「ご飯、美味しくない？」

「え？」

「なんか箸が進んでないから」

音月が心配そうに俺を見た。

「ごめん。ちょっと考え事してただけ。この肉すごく柔らかくて美味しいよ」

「本当？　よかった」

「あ、あのさ」

「何？」

「……いや、なんでもない」

食事中、あの男のことを聞こうと思ったが、結局聞けなかった。

夜を迎えベッドに入ると、無性に音月が欲しくなった。

今夜は急な呼び出しがないことと、彼女に触れることでこのモヤモヤした気持ちをリセットしたいという自分勝手な思いから彼女を後ろから抱きしめた。

ところが……。

「周、ごめんなさい。今日はちょっと……」

初めて断られてしまった。

「いや、俺の方こそごめん。体調でも悪いのか？」

音月は少し間を置いて「うん」と小さく答えると背を向けた。

なんだかもう自分が情けないのと、音月への思いの深さに怖くなった。

こんな状態で約束の期限がきた時、俺は普通でいられるのだろうか。

9　好きなのはあなただけ

――びっくりした。

妊娠してなければ拒まなかったけど、突然、彼に抱きしめられて妊娠に気づかれるのではと思い咄嗟に自分のお腹を隠すような行動をとってしまった。

もちろんお腹は全然大きくなっていない。だけど彼に言えない罪悪感が裏目に出てしまっているようで、申し訳ない気持ちになる。

咄嗟の反応とはいえ、周が気分を害してなきゃいいけど……。

でも不安なのはそれだけではない。朔兄と別れたあと、ふと病院の方を見ると窓から見ている顔見知りの看護師と思いきり目が合った。

向こうは軽く会釈するとさっとその場を去ったが、嫌な予感がした。もしかして朔兄と話をしているところを周に見られたのではないかと思ったからだ。

別にやましいことはないけど、勘違いされるのだけは嫌だ。

でも帰ってきた時の様子は普段と変わらなかった。

それにしても今日は本当に驚いた。

突然の告白は信じられない気持ちの方が大きくて、頭が真っ白になった。

もちろん私は周以外の男性は考えられないし、そのことはちゃんと朔兄に伝えた。

周の奥さんでいられる時間は限られているかもしれないけれど、私は幸せだし。

朔兄には悪いけど、私にとって彼はお兄ちゃんにしか見えない。

その気持ちはずっと変わらないと思う。

だから明日にでも電話してちゃんとわかってもらわなくちゃ。

「周、起きてる？」

「……うん。どうかした？」

「あのね……ぎゅってして欲しいなって？」

「おいで」

私は彼の胸に顔を埋めた。


翌日、私は仕事の昼休憩の時に朔兄に電話をした。

忙しかったのか、最初は留守電になってしまったが、大切なことだから留守電は避けたかった。

それから二十分後に朔兄の方から電話がかかってきた。朔兄の気持ちにはどうしても応えられないと返事をする私に、わかったと言ってくれた。

『何かあればいつでも頼って欲しい。音月のことを全て受け入れる覚悟はできているから』

と言われた。


妊娠して四ヶ月に入った。

相変わらずまだつわりは続いている。

胎児の大きさは重さにして三十五グラムぐらいで順調に育っているとのことだった。

妊娠十六週あたりからお腹が出てくるらしい。

そろそろマタニティウェアを準備しなきゃいけないのかもしれないが、その前に周に妊娠していることを告げないと……。

産院を出て、近くの公園のベンチに座り、バッグから母子手帳を取り出した。

ページを捲ると今日撮った赤ちゃんの画像を取り出す。

自分のお腹の中で確実に成長している姿に愛おしさを感じる。

だが同時に、この事実を周に打ち明けなきゃいけないタイムリミットがまさに今だと言うことにも気づく。

お腹が大きくなれば周も私の異変に気づく。

正直もう黙っていることに限界を感じていたのだ。というのも先日、私の妊娠を唯一知っている母から、妊娠したことを桜沢のご両親に話したのかと聞かれた。

周にも話をしていないのにあちらのご両親に話せるわけがない。

母は、いいかげん話をしないと、逆にあちらのご両親が気分を害するのではと心配している。

「こういうことは音月だけの問題じゃないのよ」

母の言うことはもっともだ。

「わかった。じゃあ次の検診のあとに報告する」

と言ってしまった。

そしてその次の検診のあとというのがまさに今日だったのだ。

桜沢のご両親の前に、まず彼に話さなくちゃいけない。

「パパに話しちゃっていいかな？」

私はお腹の子に手を当て話しかけた。

公園を出るとその足で周のいる西桜沢総合病院へ向かった。

途中ちょっと目眩を感じたので、無理せずタクシーを拾った。

病院に着くと、バッグからスマートフォンを取り出し、今から少し抜けられるかと確認のメールをしようとしたその時だった。

入り口のドアから周の姿が見えた。声をかけようと、口を開きかけた時、

「周先生待って」

白衣を着たスタイル抜群の女性が周に駆け寄ってきた。

私の足は入り口手前で止まってしまう。

二人はすごく仲良さそうに歩いている。女性の顔は横顔しか見えないが、鼻から顎までのラインがとても綺麗で、周と並んでいても釣り合いが取れている。

周も女性に対し心を許しているようだった。

周は心に決めた女性のことを一度も口に出してはいない。

でもお見合いの日に、彼は電話ではっきりと「心に決めた人がいる」と言って私とのお見合いを辞退しようとしていた。

彼の心に決めた人がどんな女性か私は知らない。

結婚しても彼からそういった女性のことは話題にならなかったし、本当の夫婦のように接してくれているから、もしかしたらこのまま彼とずっと一緒にいられるのではとさえ思っていた。

でも、あの二人を見てドキッとした。

もしかして周の心に決めている人があの女性？

一気に私の心は不安でいっぱいになった。

だけどよく考えてみれば周の心に決めた女性があの人だったら、毎日病院でも会えるし、もしかして電話で呼び出されていたのも本当はあの女性に呼ばれていたのかもしれない。

考えれば考えるほどネガティブになり、不安で押しつぶされそうになる。

どうしたらいいの？

私は……お腹に手を当てた。もしこの子の存在を周が知ったらどう思うだろう。

胸が張り裂けるほど苦しくなる。

やっぱりこの子のことを彼に言ってはいけないような気がする。

でも、彼が好きだから離れたくない。この子を一緒に育てたい。

だってこの子は私と周の子供なんだから……。

その時だった。再び目眩が襲ってきた。

だんだんと視界が揺れてくらくらして、頭が真っ白になった。

10　私、妊娠しています

『ごめん、俺はどうしても君を愛せない。俺の愛する人はただ一人。彼女だ』

周が手を差し伸べたのは白衣を着たロングヘアの女性だった。

『奥さんごめんなさいね。私たち愛し合ってるの。ね？』

『音月があんな提案をしてくれたおかげで、俺は本当に愛する人と一緒になれる。君には感謝しかない』

どうしよう。

周が、周が……。

『いや、行かないで。私、あなたの子を身籠ったのよ。もう四ヶ月目なの』

すると周が露骨に顔を顰めた。

『そんな話聞いてないし、俺は認めない』

認めないって……この子の父親はあなたなのに。

『いや…… いやよ！』

「……月？　音月、大丈夫か？　おい」

彼の声を近くに感じ、ゆっくり目を開けると、見えたのは真っ白な天井だった。

さっきのは夢だった。夢でうなされたのは人生で初めてだった。

別に逃げ惑ったりしていないのに呼吸は荒く、落ち着くまで少し時間がかかった。

「音月？　大丈夫か？」

周の声が聞こえる。ということは私はまだ夢の中にいるの？

「音月……音月」

声のする方を向くと、周の顔が見えた。

周……どうして？　仕事中じゃないの？

私、今どこにいるの？

頭はまだぼーっとしていて、自分がどこにいるのかよくわかっていない。

もしかしてまだ夢の中なのではと思えてくる。

真っ白い天井とコの字型になったカーテンレールが見えた。

――私、病室にいるの？　え？

「どうして？」

だけど私が覚えていることといえば、さっきまで見ていた悪夢だ。

それに比べたら倒れたことなんて……って。

「倒れた？」

「倒れたことも覚えていないのか？」

さっき見た夢の方のインパクトが大きすぎてとは言えず、黙って頷いた。

だけど記憶をたどると、私は彼に大事な話をするために病院へ……。

そうか……その時に目眩がしたんだ。

でもそうなったのは、周が白衣を着た綺麗な女性と一緒に……。

その時だった。誰かが入ってくる気配がして病室の入り口に目をやると、白衣を着た女性が入ってきた。

——あの人だ。

え？　もしかしてまだ夢の中？　それとも現実？

あの人が入ってきたということは、私は周と別れなければならないの？

ど、どうしよう。

私は周を取られたくなくて握られた手に力を入れた。

「音月？」

周が心配そうに私を覗き込む。

私は女性の顔をまともに見られず下を向いた。
「あら、目が覚めたようね」
女性は私のベッドの前まで来た。
堂々として笑みまで浮かべている。
私に何か言うつもりなの？
あなたと周じゃ釣り合わないとか、私の方が周にふさわしいとか言うの？
万が一そう言われたとしても、何も言い返せないかもしれない。
だって周と楽しそうに歩いている姿を見て、この人には勝てないと思った。
もうこれで終わったのかもしれない。
ところが、
「安心していいわよ。奥様は軽い貧血。母子ともに問題ない」
女性は周の肩をポンと叩いた。
私はまだ状況を飲み込めないでいた。
というより、今さらっと母子ともにって……もしかしてバレてる？
私が驚いているのをよそに女性は話を続ける。
「それにしても、ちゃんと奥さんをケアしてあげなきゃダメじゃない。まだ安定期に入ってないんだから。しっかりしてよ」

強い口調で言い周の背中をバシッと叩いた。

――え？

彼女は私がイメージしていた感じとは随分違うような気がした。

でも二人の間に漂う空気感は、やはり単なる同僚という感じではなかった。

二人は特別な関係に違いない。だけど今はそれよりも、妊娠したことを告げる前に周に知られてしまったことがショックだった。

「悪かったな。千穂《ちほ》」

「今日は仕事終わってるんでしょ？　だったら早く二人で話をしないとそのうち院長たちが来ちゃうわよ」

千穂先生はドアの方を指さした。そして視線を私に向けた。

「音月さん、妊娠は病気ではないけれど、無理は禁物よ。それと周のことお願いします」

「え？　あっ……はい」

千穂先生が病室を出ると、周と二人だけになった。

私はゆっくりと体を起こした。

「大丈夫か？」

「うん」

周は私を労るように、背中を支えてくれた。

でも私はどんな顔をしたらいいのかわからなかった。

妊娠したことをずっと黙っていてて、病院で倒れて、妊娠していることをこんな形で知るなんて、周からしたら決していい気分ではないはず。

「話したいことがあるんだよな？」

周の声はとても優しい。でも今は怒ってくれる方が楽だ。

「ごめんなさい。私……」

声を詰まらせ、なかなか言葉が出ない。

周は急かすことはせず、私の言葉を待っていた。

「お腹に赤ちゃんがいます。四ヶ月に入りま――」

その言葉を言い終える前に周が私を強く抱きしめた。

「俺たちの子なんだよな？」

「他に誰がいると？」

「ごめん。音月から聞くまで信じられなくて……」

周が抱きしめる腕を強めた。

「しゅ、周？」

これは喜んでくれているのかな？

すると彼の腕が緩んだ。

「ごめん。嬉しくてつい……だ、大丈夫か？」

「うん、大丈夫。でもいいの？」

周が私の妊娠を喜んでいる。さっき見た夢とは真逆だった。

「いいの？　って何が？」

周は私の質問の意図がわかっていないのかキョトンとしている。

「私が妊娠していること」

「え？　何を言っているんだ。まさか俺が喜んでいないとでも思っているのか？」

私は目を伏せた。

すると聞こえてきたのは彼のわざとらしいほどのため息だった。

「じゃあ、君が今まで妊娠を伏せていたのは、俺が困ると思ったからなのか？」

「周の反応が怖くてなかなか言いだせなかったの」

「君は俺のことを全くわかっていない。俺がどれだけ喜んでいるのかを」

周の表情は本当に私の妊娠を喜んでいた。

「ごめんなさい。今まで黙っていて」

「嫌だ」

「え？」

やっぱり怒ってるんだ。

「この子の成長を四ヶ月分味わえなかった」

「周」

「もう、俺に隠し事はしないでくれ。君が倒れたと聞いた時は、生きた心地がしなかった」

「ごめんなさい」

私の目から大粒の涙が溢れた。

「おいおい、音月が泣いたら、お腹の子がびっくりするぞ」

彼はティッシュで私の涙を拭ってくれた。

周の優しさに愛おしさが込み上げてくる。

今ここで自分の本当の気持ちを伝えられたらいいのに。

彼は私に隠し事はしないでと言ったが、私はまだ彼に大きな隠し事をしている。

それを告白する日はくるのだろうか。

少し落ち着きをとり戻すと、妊娠がわかってからのことを周に話した。

周に妊娠を告げる勇気がなくて、病院もここではなく、マンションに一番近いクリニックで受診していたこと。

妊娠がわかったと同時につわりが始まったこと。

ご飯の炊ける匂いや魚の生臭さはいまだに慣れないこと。

そして激しい吐き気に襲われること……。

周はなんとなく私の異変を感じていたようで、私の話を聞きながら何度も頷いていた。

「君が一番辛い時に何もできなくて、申し訳ない」

彼は私の話を聞いて謝った。

でも彼は何も悪くない。

私が彼を失いたくなくて、妊娠を伏せていた。

でも彼は子供を産むことを許してくれた。喜んでもくれた。

この際だから、この子が生まれてからの私たちのことを話し合うべきかもしれない。

今なら聞ける。そう思い、

「あのね周――」

と口を開いた時だった。

コンコンと誰かがドアをノックした。

「はい」

周が返事をするといきなりドアが開いた。

「周、音月さん」

それは桜沢のご両親だった。

「聞いたわよ。おめでたですってね」

「は、はい」

やっぱりもう耳に入ってるんだ。

お義母様は花束を抱えて、本当に嬉しそうに目を細めている。

「もう嬉しくって、タクシーに飛び乗ったわよ」

「二人ともでかしたぞ。いや～孫ができるのか。音月さんありがとう」

「いえ。そ、そんな」

そういえば、この結婚を強く希望したのは院長であるお義父様だ。

だから今日の報告は心待ちにしていたことだったのだろう。

周は椅子から立ち上がるとそれをお義母様に譲り、もう一つ用意しお義父様に座ってもらった。

「今、何ヶ月なの？」

「四ヶ月に入りました」

「じゃあ、これからお腹がどんどん大きくなるんだな」

「困ったことがあったらなんでも言ってちょうだいね。お父さん、孫がいつきてもいいようにお部屋を用意しないとね」

お義母様は嬉しそうだ。孫用の部屋を作ろうとするなんて、お義母様も本当に孫の誕生を待っていたのかもしれない。

「気が早いよ。大体まだ性別もわからないんだから。それよりも音月に過度なプレッシャーは与えないでくれ。まだ安定期にも入ってないんだから」

少し戸惑っている私を見て周が間に入ってくれた。

「そうよね。音月さんごめんなさいね」

「いえ、とんでもないです。それよりご報告が遅くなってしまい申し訳ありませんでした」

「謝らなくていい。初めての妊娠で戸惑いも多いんだ」

お義父様のこういう優しいところは周に似ているのかな？

「ところで彼女の妊娠、誰から聞いたんだ？」

周がお義母様たちに尋ねた。

「誰かに聞いたわけではなく、自然に耳に入ったんだよ」

「千穂が音月さんを診てくれたの？」

え？　千穂さんて桜沢のご両親とも親しいの？

でもここの病院の医師なら知らないわけはない。

とはいえ名前で呼ぶのだからきっと特別に親しいのだろう。

「あの……千穂さんってさっきの女医さんですか？」

恐る恐る尋ねると、お義母様が「知らなかったっけ？」と前置きをし、

「私の姉の子。周とはいとこ。結婚式は家族だけでやったでしょ？　だから紹介が遅れちゃったわね。あの子は産婦人科医なの」

い、いとこ？　じゃあ、周の好きな人じゃなかったんだ。

夢まで見るほど二人のことが気になっていたけど、お義母様の話を聞いて、スッキリしたと同時に安堵してため息をついた。

だけど緊張の糸が切れた途端ぎゅるぎゅるっとお腹の虫が鳴ってしまった。

みんなにお腹の音を聞かれて恥ずかしさのあまり、下を向く。

そんな私を見てお義母様は、

「あらあら、お腹の子がご飯ちょうだいっていってるのね。周、何か買ってきてあげなさい」

周は、わかったと言って病室を出た。

そして桜沢のご両親と私の三人だけになった。

正直このスリーショットは初めてだ。

お義母様は私の手を取った。

「音月さん。本当にありがとう」

「お義母様？」

「孫の顔が見たいってずっと言ってたのはお父さんじゃなくて、実は私だったの」

「え？」

「私は子供が大好きで、結婚したら子供は最低三人は欲しいって思ってたの。でもね、周が三歳の時に、特別にひどい子宮筋腫を患ってそれが、不妊の原因になってしまったようで、そのあとは子宝に恵まれなかったの」

息子に託すとまではいかないにしろ、お義母様は早く孫の顔が見たかったのだそうだ。

「こんなこと周に話すとプレッシャーになるかと思って……それで主人が代わりに言ってくれていたの」

「困ったことがあれば遠慮しないでわたしたちに頼ってくれ」

お義父様もとても協力的だった。周はお義父様のことが苦手だって言っていたけど、多分二人とも不器用なだけなんじゃないかと思う。

赤ちゃんが生まれたら、二人の距離が縮まるといいのだけれど……。

「ありがとうございます。何かあればお願いします」

縁談話が来た時は、正直あまりいい印象がなかった。

だけどそれは私の思い違いだったとわかった。

とても素敵なご両親に育てられて今の周がいる。

妊娠を心から喜んでもらえて本当に嬉しい。

しばらくして。桜沢のご両親と入れ違うように周が戻ってきた。

「もう帰っていいって。音月、家に帰ろうか」

「はい」

「それと……これ」

周が私に花束を差し出したのだ。大好きなピンク系の花束。

「ケーキにしようか迷ったんだけど、食べ物より大好きな花の方がいいかなって。でもフラワーショップで働いてる音月に花って……変かな？」

私は首を横に振った。

「すごく嬉しい。ありがとう」

こういうさりげない心遣いに胸がきゅんとする。

それと同時に、今まで隠していたことを悔やんだ。

もっと早く知らせていたら、もっと喜んでくれたかもしれない。

私が臆病すぎるから……。

それなのに周は怒るどころか労ってくれる。

やっぱり私には周しかいない。

彼のいない人生なんてもう考えられなくなっていた。

妊娠が発覚してからの周は以前にも増して協力的になってくれた。

家事も率先してやってくれる。仕事で疲れているのにもかかわらず、私の調子が悪い時はキッチンに立ってご飯を作ってくれる完璧な夫。

そんな彼の姿をソファで横になりながら見ていると、嬉しい反面不安もある。

千穂先生が周の大切な人じゃないのなら、一体誰なのだろう？

その答えが知りたくて何度か聞こうと試みるが、喉元で言葉が止まってしまう。

でもこういう得体のしれない不安は、お腹の赤ちゃんのストレスになるかもしれない。それよりも横になってばかりいないで動かないと。

「周？」

私はキッチンに立つ周の隣に立った。

「何？　体調はいいのか？」

「横になっているより、周の隣にいる方が落ち着くから。私も手伝います。何をすればいい？」

周は私にきゅうりを差し出した。

「今マカロニサラダを作っているからきゅうりを切って。薄ーくね」

「はい」

今は何も考えないようにしよう。

だってこれが今の私たちのリアルなのだから。

11　宝物

「先生？　鼻の下伸びてますよ」

「え？　どこが？」

「嘘ですよ。でもそんなニヤニヤした顔で患者さんの前に立たないでくださいよ」

「は、はい」

看護部長に指摘されたが、そんなにニヤニヤしているのか？

自分の顔を鏡で見てみる。

自分ではよくわからないが、わかる人にはわかるんだろう。

でも仕方がない。

誰が話を広めたのか気にはなるが、今はどうでもいい。

とにかく今朝から会う人会う人におめでとうと言われて、顔が緩んでしまうのは仕方のないことだ。

そもそも俺に子供ができるなんて誰が想像できただろうか。

しかも想いを寄せていた音月と結婚できただけでも奇跡なのに、その上妊娠したなんて、こんなに幸せでいいのかと思ってしまう。

だが彼女がなぜ今まで妊娠していることを黙っていたかが気になる。

そもそも病院の入り口付近で倒れたからこそ妊娠がわかったのだが、それがなければ今も知らずにいたかもしれない。

俺では頼りにならないのか。それとも本当はこの妊娠そのものが彼女にとって不本意だったのか……。

結婚し、入籍をしたと同時に離婚へのカウントダウンは始まった。

離婚まで八ヶ月を切った。

だがこのまま順調にいけば離婚は免れるかもしれない。

俺はこのままずっと音月との結婚生活を望んでいるが、離婚前提の提案をしたのは彼女の方だった。

こんなとんでもない提案をするにはそれなりの理由があるからだろう。

俺に妊娠を伏せていたのは、そのことが関係しているのかもしれない。

ふと頭をよぎったのは、病院の中庭のベンチで音月と親しげに話をしていた例の男性だ。

音月とあの男性のことはずっと気になっている。

音月がしばらくベンチに座っていた理由がつわりだったとしたら、俺よりも先に彼女の妊娠を知っていたかもしれない。

そう思うだけで面白くないなんて、俺は心が狭いのか?

だけど今はそんなことを考えているよりも彼女を支えることが一番だ。


音月は今まで通院していた産院からうちの産婦人科に移った。

検診の時は極力俺も同席した。

「性別って知りたい?」

千穂が尋ねる。

「知りたい」

「知りたくない」

珍しく意見が二つに分かれた。

もちろん知りたいと言ったのは俺の方だ。

「あらあら意見が分かれちゃったけど……音月さんは知りたくないの?」

千穂が音月に尋ねると、

「知りたくないです」

としっかりとした口調で答えた。

「どうして？」

と俺が尋ねると、

「生まれてくるまでのお楽しみにしたいの」

と答えた。

予め性別が分かっていたら、準備するのも楽だと思うのは俺だけだろうか。

「今は服やグッズは性別関係ないデザインも多くあるし、音月さんと同じ考えの妊婦さんも多いから、私は別に変じゃないと思うけど？」

千穂が音月側についたと感じた。

でもどっちが生まれるかを楽しみに待つのも、案外楽しいのかもしれない。

「わかった。ここは彼女の意見を尊重するよ」

「ありがとうございます」

音月は嬉しそうに、微笑んだ。

実際性別にこだわりはない。

男の子でも女の子でも俺たちにとっては最高の宝物なのだから。

きっと生まれてくる子供が、俺たちの将来を明るく照らしてくれるだろう。

だがふと頭をよぎったのは、俺たちのタイムリミット。

お互いにこのことに触れないようにしているように感じる。

音月はどう考えているのだろう。

俺に妊娠していることを告げていなかったのは、俺に知られたくなかったから?

俺との離婚を撤回してくれるのだろうか、それとも約束の時がきたら離婚を切り出すのだろうか。

万が一そうなったら生まれてくれる子供の親権はどうなるのだろう。

ダメだ。今から、生まれてもいないうちに親権とか考えるなんてどうかしている。

と打ち消しても、不安は消えなかった。

12　初めての旅行

「これ……どうかな？」

落ち着いた色のチュニックを体に当てて周に見てもらう。

「うん、これもいいけど……これは？　なんならどっちも買う？」

安定期に入ると、私のお腹は赤ちゃんの成長に合わせふっくらし始めた。

あんなに苦しかったつわりも嘘のように治った。

今も仕事は続けているが、そろそろ仕事着のジーンズのウエストが悲鳴をあげてきた。今日は周と一緒にマタニティ服を買いにきたのだが、誰の服を買いにきたのと尋ねたくなるほど周の熱の入れようは半端なかった。

「そんなたくさんいらないよ。もったいないし」

服を私の体に当て、いいと思ったもの全てを買おうとしている。こんなにたくさんあってもあと五ヶ月弱しか着られないからもったいないと思うのだけれど……。

「これは俺のために買うんだ。こういう服は妊娠している時以外着られないだろ？　せっかくなんだから楽しまないと」

私より周の方が楽しそう。最近の周は、仕事から帰ってくるとタブレットでベビー用品を見るのが日課のようになっている。

先日検診の時に、千穂先生から性別がわかるけど知りたいかと尋ねられた。

最初は知りたいって思った。

でも急に、早く知るのがもったいないと思ってしまった。

だから、生まれてくるまでのお楽しみにしようと思った。

男の子と女の子、どっちが生まれてくるかを周と一緒に話している姿を想像していたら、どうしてもまだ性別は知りたくないと思った。

周は知りたかったみたいだけど、最終的には私の意見を尊重してくれた。

最近では、二人で生まれてくる赤ちゃんの性別を予想している。

それが今すごく楽しい。

それから数週間経ったある日の金曜日。

「音月って明日は仕事休みだったよね」

「確か……ちょっと待って確認する」

実は先月から私のシフトが変わった。

今までは週に二回のお休みだったが、週四日の勤務になった。

お花の仕入れのある日は水揚げ作業があるため、仕入れのある月、水、金曜日とスタッフの人数の少ない日に入っている。

そして月に二回必ず日曜日休みがあるのだが、最近土日のパートさんが入ってきたため、土日続けてのお休みが増えたのだ。といっても私の場合、妊娠しているのでシフトを組んでいるオーナーが配慮してくれているのだ。

「明日、明後日は休みかな」

「じゃあ、明日旅行に行くから、準備をしておいて」

周が突然旅行に行こうと言いだした。

しかも明日と聞いて驚いた。

「急にどうして？　何かあるの？」

特別な理由でもあるのかと思い尋ねた。

「結婚してから二人でどこかに出かけたことがないなと思って……それに妊娠中に旅行に行くなら安定期が最適な時期かなと思って」

と照れながら話してくれた。

確かに私たちはデートらしいデートもしたことがない。

休日に出かけるといえば買い物に行くぐらい。

私が妊娠に気づいた頃、温泉に行きたいと周は私に話していたけど、私は真に受けなかった。

だって周は忙しい人だし、あの時は妊娠していることを秘密にしていたから。それに新婚旅行に行く予定もなかったから、旅行に行けるなんて思ってもいなかった。

「ありがとう……でもどこに行くの？　温泉とかテーマパーク？」

「それは秘密。とにかくそういうことだから準備だけ頼むよ」

「はい」

周と旅行に行けるなんて、夢みたい。

翌日、私たちは朝早く出発した。

「何かあればすぐに言ってくれ。我慢だけはしないこと。いいね」

車に乗り、シートベルトを装着したところで念を押された。

「はい」

つわりも終わり、体調はすこぶるいい。

少し前では考えられないほど、食欲旺盛で何を食べても美味しい。

でも先日千穂先生から、

「赤ちゃんの分までと言って甘いものを取りすぎないように」

と言われた。

体調が良ければ適度な運動をするようにとも言われた。

高速に乗って富士山の方へ向かう。

周は私の体調をすごく気遣ってくれて、無理な運転はせず、休憩もこまめにとってくれた。

お昼は湖の近くにある美味しいピザのお店に連れていってくれた。

何を食べても美味しくて、自分でも驚くほどたくさん食べてしまった。

周はそんな私を、

「食べたら運動しなきゃな」

と揶揄《からか》う。

でもこんな何気ないやりとりも私にはとても大切な時間だ。

居心地が良すぎてこんな時間が永遠に続けばいいのにと欲張りになってしまうのだ。

食事を終え店を出ると、周は本当に食後の運動だと言って、湖沿いの遊歩道を歩いた。

それから再び車に乗ると、ドライブをしながら目的地へ向かった。

秘密と言われたので、正直どこに泊まるのか想像つかない。

でもすごく楽しい。だって大好きな人と旅行できるなんて思ってもいなかったから……。次があるかはわからないから今を楽しもう。

車を走らせること一時間。

車窓から景色を眺めていると緑が増え、別荘のような建物がたくさん見え始めた。

大病院の院長の家族なら、別荘があってもおかしくない。

もしかしたら周の家の別荘にいくのかな？　と思ったが、そのうち別荘が見えなくなり車はさらに山深い場所へ向かう。

一体どこへ向かっているのだろう。そう思った時だった。

小さな木の看板が見え、車はウインカーを出した。

見えたのは古い西洋のお城のような建物。まるでグリムやアンデルセンの世界にでも引き込まれるような、雰囲気のある洋館だった。

車を駐車場に停め、アーチ型の大きなオベリスクをくぐると、イングリッシュガーデンが迎えてくれた。

車から見えた二階建ての洋館に入ると、スタッフが出迎えてくれた。

内装も外観に負けないほど素晴らしかった。

ソファ、テーブル、カーテン、棚に飾られた小物たちは恐らくどれもアンティークだろう。そして所々に飾られている草花がアクセントになっている。

どれも素敵で見入ってしまう。

「音月、いくよ」

「はい」

周がチェックインを済ませてくれた。

部屋のキーを受け取ると、どういうわけか再び外へ。

「ねえ、どこへ行くの？」

「さあ、どこだろうね」

「ええ？　教えてよ」

イングリッシュガーデンの中を横切ると突然周が足を止めた。

「どうしたの？」

すると周が手を差し出した。

「危ないから」

彼は私の手を握ると、ボコボコとした西洋風の石畳をリードしながら歩いた。

私は彼のさりげない優しさにドキドキしていた。

そして長い石畳の先に見えたのは、戸建ての棟が五件ほど立ち並んでいるヴィラだった。

真ん中には噴水があり、それを取り囲むようにそれぞれの建物のドアが見える。

その中でも一番大きな建物の前で周は足を止めた。

「ここが今日泊まる俺たちの部屋だよ」

鍵を開けて中に入るとリビングが見えた。

周がいうには、一階はリビングで二階は寝室。この部屋もフロント同様、アンティークで温かみのあるインテリアで統一されており、天井は吹き抜けになっている。

「素敵な部屋」

「気に入った？」

「うん。とても」

それにしても、こんな素敵な場所を周はいつ予約していたのだろう。

「それはよかった。音月の好みに合いそうなホテルを探していたらここがヒットしたんだ。でも実を言うとネットで予約をしようとしたら満室で、結婚式の時じゃないけどキャンセルが出たら連絡が欲しいって電話したんだ」

「もしかして？」

周は満面の笑みで。

「ああ、キャンセルが出たんだ。どうやら俺は強運の持ち主かもしれないな」

「絶対にそう。だってこの部屋本当に素敵で、なんかおとぎの世界に来たみたいで……」

「君の喜ぶ顔を見ると、頑張った甲斐があるよ」

周は確かに強運の持ち主だと思う。

だから私との再会もその延長線上にあったと思って欲しいと強く思った。

「音月、驚くのはまだ早いよ。こっちにおいで」

リビングの大きな窓を開けるとプライベートガーデンがあった。

まるで海外のガーデニング雑誌に出てきそうな、ハーブをふんだんに使ったイングリッシュガーデンだった。

「すごい」

もっと他に言葉があるはずなのに、感動のあまり出てこない。

彼が私のためにしてくれていることが嬉しい。

「ここに決めた理由の一つがこれ。でももう一つあるんだ」

もう一つということはまだ何かあるってこと？

「ここを見て」

周の指さす方を見ると、すぐ横にはパーゴラがあり、石造りの露天風呂があった。

「露天風呂？」

「ガーデンを見ながら温泉に浸かる。温泉は安定期に入ったら大丈夫だって千穂から聞いて……今までつわりで大変だっただろう？　だから今日は存分に楽しんでもらいたいんだ」

私のことを思ってここまでしてくれるの？

「周……本当にありがとう」

もしかしたら、あと数ヶ月でこの結婚に終止符を打たなくちゃいけなくなるかもしれないのに。

日を追うごとに周への思いが増している。

こんなことされたら本当に周から離れられなくなってしまう。

なぜこんなに優しくするの？

「音月？　気分でも悪いのか？」

周が心配するように私の顔を覗き込んだ。

歯を食いしばっていないと涙が出そうになる。

「ううん、なんでもない。びっくりしてるの」

「だったらよかったよ。今夜は何もしなくていい。ゆっくりしよう」

「はい」

夕食はフロント奥のレストランで、フレンチを食べた。

「音月」

「何？」

「まだ満腹じゃなきゃパンのおかわりできるけど」

意地悪そうにニヤリと笑う周。

「大丈夫です」

「ふ～ん」

周は私の返事を信用していない様子。

「意地悪」

口を尖らせる私を見て周は本当に嬉しそうに笑っていたのだが……。

宿泊者はみんなここで朝食と夕食を取る。

ここは若い人に人気があるようで、周りを見ると女性同士や、若いカップルが多く見受けられた。

だがレストランにいる女性たちの視線が、周に向けられていることに私は気づいていた。

でも周りのリアクションは納得できる。私も初めて主治医としての彼と会った時、かっこよすぎて視線を合わせられなかったもの。

「音月、どうかした？」

「え？」

「さっきから俺の顔をじっと見ているから」

無意識のうちに私は周を見つめていた。

「ごめんなさい。周がたくさんの視線を浴びているからすごいと思って見ていたの」

「え？」

視線を感じているその理由を理解していないようで、周は周りを見渡した。

すると周を見ていた女性たちは慌てて視線を戻している。

「もしかして気づいてなかった？」

周は頷きながら、戸惑っているようだった。

もしかして周は、自分がどれだけ魅力的な男性なのかわかっていないの？

「女性たちは周を魅力的だって思って見ているの」

小声で教える。

だが、当の本人は特に表情を変えることなく、

「俺は一人の人にそう思ってもらえればいいんだよ」

と私の目をまっすぐ見て答えた。

——一人の人……それは誰なの？

胸の奥で鈍い痛みを感じた。

きっと私は周の『一人の人』ではないと思ったからだ。

だけど彼は私とここにいて、私だけを見てくれる。

それでいいじゃない。本当だったらこんな奇跡は起こらなかったのだから。

「やっぱり、パンのおかわりもらおうかな」

これ以上いろいろ考えたら、感情がダダ漏れになってしまうと思い話題を変えた。

おかわりしたパンの味はよくわからなかった。

食事を終えた私たちは部屋に戻った。

「体調はいいか？」

周は私の体調を気遣ってくれる。

幸せなのに時々不安になる。

「大丈夫。せっかくだからお風呂に入っていい？」

「いいよ。寒くないし露天風呂に入っておいで」

お風呂に入ってネガティブな自分を洗い流したかった。

それにこんな素敵なところに連れてきてくれたのだから私が暗いと周も心配する。

心身ともにリラックスしたい。ここの温泉はとてもなめらかで、肌に触れると自分の体じゃないと思うほどツルッとしている。

夜風も心地よく、ちょうどいい湯加減でいつまでも入っていられる最高の温泉だった。

「気持ちいい～」

手で反対側の腕を撫でるとツルッと滑る。美肌効果抜群な感じがしてついつい撫でてしまう。

そんな時だった。

ガラッと窓の開く音がした。

――え？

振り向くと、周が外に出てきた。

「え？　ど、どうしたの？」

「一緒に入っていい？」

なんで？

今まで一度だってそんなこと言ったことなかったのに……。

それに私は妊婦でお腹だって大きいのよ。

「い、一緒？　恥ずかしいから、無理」

自分の体を見られたくなくて、周の立っている位置から少し離れた。

恥ずかしさで体を手で隠しながら下を向く。

だけど周は黙っている。

もしかして諦めたかな？　と思った時だった。

振り向くと、すでに周の片足はお風呂に入っていた。

「周？　ちょ、ちょっとどうし――」

周は動揺している私を後ろから抱きしめた。

「夫婦なんだからいいだろ？」

「そ、そうだけど……」

「そうだけど……何？」

周が顔をくっつけてきた。

「妊娠して体型変わっちゃってるし、一緒にお風呂に入ったことないから恥ずかしい」

ドキドキしすぎて、私の鼓動が周にまで聞こえているのでは？

「こんな時でもなきゃ一緒に入ってくれないだろ？　それに俺が露天風呂付きの客室を選んだ時点で一緒に入るって予測しない音月が悪い」

「わ、悪いって……そんな言い方――」

「ここに俺たちの子がいるんだね」

周が私のお腹に触れた。

「そうよ」

「温泉気持ちいいだろう。ママのお腹もこの温泉でツルツルだよ」

冗談まじりに周がお腹の子に語りかけたその時だった。

お腹の中でぽこっと何かが動くような感じがした。

それはお腹を触っていた周も感じたようで、

「今、微かだけど動かなかったか？」

「周も感じた？」

「ああ。そんなに大きくはないけど動いた感じがした」

するとまたぽこっとお腹の中で何かが動くのを感じた。

「周、また動いた」

「俺が話しかけたらちゃんと答えてくれたんだよ」

「初めてなの。この子が動いたの」

お腹の子が動いたってドラマのワンシーンとかで見たことがあったけど、まさしくこれなんだ。

動いたと思ったら、動きが止まったりするが、また忘れた頃にぽこっと動く。

妊婦検診でお腹の様子を見せてくれるが、画像を見ても本当に動いてるのかな？育ってるのかなって思っていた。

だけど、こうやって動くのを直に感じると、とてつもなく幸せな気持ちになる。

周は私のお腹を優しく撫でながら、

「パパだよ」

と語りかける。

するとまたぽこっと動いた。

「俺にこれだけ反応するっていうことは女の子かな？」

「え？ それはどうだろう。元気に動いてるのは男の子だからかもしれないでしょ？」

周の手が離れ、私の方に回り込んだ。

「性別を先に聞かなくてよかったよ」

「え？」

「どんな子が生まれてくるかを想像する時間が大切だってことを、今まさに実感してる。どんな子が生まれてくるかすごく楽しみだ」

「……うん」

私も同じ気持ちだった。

この子がどんな子か本当に楽しみでならない。

周と私のどっちに似ているのかな？

男の子？ それとも女の子？

周が子供を抱いてあやしている姿が想像できた。

どうか許される限り、周と私、そして生まれてくる子供との時間を延ばして欲しい。

彼が私のことを好きにならなくてもいいから、ずっと夫婦でいさせてください。

私は心の中で何度も祈った。

周が再び私のお腹に触れた。
するとすぐにぽこっとお腹が動いたのだが……。
「悪いが今から俺が音月を独占するから、静かにしててくれよ」
と周はお腹の子に語りかけた。
「周？」
彼の名を呼ぶと顔が近づいてきた。
唇に、熱を持った彼の唇が重なった。
すぐに彼の舌先が口を割って入ってくる。
それを受け入れるように互いの舌を絡め合う。
聞こえるのは二人の息遣いだけだった。
濡れた体を拭くと、周が私にバスローブを後ろからかけてくれた。
袖を通し、軽く紐を結ぶと周は私の手を取った。
そして私たちは、無言のまま寝室のある二階へ向かった。
周が先にベッドに入るとおいでと目で合図をする。
抱きしめられ、顔を上げると再び唇を求め合った。
好きだと言う言葉を言えない私は、言葉の代わりに彼への想いをキスに託した。

「しばらくお休みさせていただきます。よろしくお願いします」

私のお腹は立派に成長し、八ヶ月に入った。

明日から産休に入るのだ。

「元気な子を産んでね」

「はい」

「たまには遊びにおいで。いい気分転換にもなるしね」

「生まれたらすぐに連絡ちょうだいよ」

「はい」

オーナーの澤田さんは、いつでも戻っておいでと言ってくれた。

お腹の子はとても元気に育っている。

特に最近は胎動が活発でお風呂に入っているとお腹が動くほどだ。

みんなは、それだけ元気に動くということは男の子に違いないと言っている。

だけど周は女の子じゃないかと思っているみたいだ。

そんな周は、休日はもっぱらベビー用品店めぐりをしている。

もう八ヶ月に入ったのだからそろそろベビー用品を準備するべきだと言って買うの

だが、必要以上に買ってくるものだから家中ベビー用品だらけになりつつある。

ところがそれは周だけではなかった。

「音月さん、いいもの買ってきたのよ」

桜沢のお義母様もベビーグッズをいろいろ買ってくるのだ。

しかも実家用と私たちの自宅用で同じものを二個買うのだ。

リビングの一部を生まれてくる赤ちゃんのスペースとして確保しているのだけれど、日に日にものが増えて少々大変なのだ。

ゆくゆくは子供部屋も必要になるだろう。

そんなある日、私の母がうちに来た。しかも両手いっぱいの荷物。

ただでさえ桜沢のご両親からいろいろいただき、その大半が被っている。

これ以上は流石に困る。

だが、母が持ってきたものは私が予想していたものとは全く違うものだった。

「どう？　可愛いでしょ」

母が持ってきたものはベビーキルトだった。

しかもこれはただのキルトではない。

正方形の布をつなぎ合わせたポピュラーなデザインなのだが、使われている生地を見て驚いた。

「わかった?」

「もちろん」

母は私の反応を見て嬉しそうに微笑んだ。

小さい頃、母はよく私のために服を作ってくれた。

母の趣味が洋裁だったこともあるけど、父が亡くなったことで生活は苦しくなり、父がいた頃のような生活が難しくなったのだ。

そのため一時は洋服もなかなか買えない時期があった。

偶然にも近所に生地屋さんがあり、月に一度の格安市でお買い得な布をたくさん売っていた。

母はいつも掘り出し物の布を買ってきては私の服を縫ってくれていた。

それは中学まで続いた。母は余った布も捨てずに、もったいないからと言ってパッチワークの小物などを作っていた。

残念ながら私は母の才能を受け継がなかったので手芸は得意ではない。

でも母の作る服が大好きで、友達にも羨ましがられたものだった。

そんな母が持ってきたものは、まさしく私の服の端切れで作ったベビーキルトだった。

性別がわからないと言ったためか、母はイエローやオレンジ系の布を使い、男の子でも女の子でも使えるキルトを作ってくれたのだ。

「まさか私が集めた端切れが役に立つとは……」

母はキルトを眺めながら微笑んでいた。

「お母さんありがとう」

すると母はもう一つの袋から何かを取り出した。

それは綺麗にラッピングされたものだった。

「これはお義父さんから」

「え?」

驚きながらも受け取る
「開けて見たら?」

「う、うん」

ピンク色のリボンを外し、袋を開けると中には触り心地のいいブランケットが入っていた。

「オーガニックの膝掛けよ。おくるみにも使えるから、まずは赤ちゃんに使って」

生成色の生地に少し薄めのベージュのチェック柄。

「お義父さんからなの？」

「そうよ。音月と同じで不器用な人なの。この柄だって可愛いクマかなんかにしたらいいのにって言ったけど、あの人音月には可愛すぎるって、生まれてくる赤ちゃんにではなくあなたのために選んだのよ」

義父と同じ不器用？

そこはちょっと抗議したいところだけど、私に対して無関心ではないんだと、ほんの少しだけ義父の印象が変わったかな……。

「ありがとうって言っておいて」

「そうやって自分で言わずに私を通すところも似ているわよね」

でもあまり似てる似てるって言われるのもやっぱり面白くないかも。

だけどみんながこの子の誕生を楽しみにしていることは間違いない。

九ヶ月に入ってお腹の赤ちゃんの大きさは千二百グラムになった。

だけど私は、お腹の赤ちゃんの成長とともに体調の変化に戸惑う日々が続いていた。

特に腰痛とトイレの近さに苦戦中。

相変わらず周は外科医として多忙な毎日を送っている。

それでも家でできることは積極的に参加してくれる。

そんなできる周は、昨夜緊急の呼び出しがあって今は病院にいる。

普段は外来が始まる時間まで仮眠室で寝ている。なので朝ごはんを届けに行くことにした。

病院のエントランスで偶然、千穂先生とばったり。

「あれ？　今日診察だったっけ？」

「違います。これを届けに」

お弁当の入った小さなトートバッグを見せる。

「ああ、また夜中に呼び出されたんだ〜」

お互いに苦笑い。

「千穂先生こそ、いいんですか？　もうすぐ外来始まるんじゃ」

「私は今終わったの。それよりこれは私が預かっておくからお茶でも飲まない？」

「え？　いいですけど」

私と千穂先生は院内のカフェへと向かった。

先生はコーヒー、私は妊娠中なのでオレンジジュース。

「周との生活はどう？」

「楽しいですよ。仕事が忙しいのに家のこともやってくれて私にはもったいない人です」

と答えると、そうなんだと言いたげに何度も頷いた。

「でも意外」

「え？」

「周って、見ての通りいつも忙しそうにしてるでしょ？　だから院長たちは今までたくさんの縁談を持ってきていたんだけど、周は全てを断ってきたの。だから音月さんとの結婚が決まった時は本当に驚いたのよ」

縁談を断ってきたのは忙しいだけではないことを、千穂さんが知っているように見えた。

もしかすると千穂さんなら周の好きな人のことを知っているかもしれない。

「彼には心に決めた人がいるからですか？」

単刀直入に聞いてみた。

すると千穂先生は、

「らしいわね……でも相手は知らないわよ」

と答えるとコーヒーを飲んだ。

「そうなんですか」

千穂先生なら知っているかもと思っていたのでがっかりした。

もちろんその人の名前を知ったからってどうにかなるものじゃないし、私が直接会って何かできるわけでもない。

「好きな人がいるからっていうのは昔本人から聞いてたの。でもそれはもう五年以上前だったし、それ以上のことは聞かなかったから……ごめんなさいね」

「いえ大丈夫です」

とはいえ、千穂先生には何気ない一言だったかもしれないけど私には重要だった。

「本当に？　弁解するわけでもないんだけど。周が選んだのは音月さんだし、あの周が妊婦検診に必ず同席して嬉しそうに口もと緩ませてるのよ。だから安心したら？」

でも周が結婚を決めたのは私のことを気に入ったとかじゃなくて、私が変な提案をしたからなのだ。周には私の存在はもうどうでもいいのだろう。

すると千穂先生が急にニヤニヤしだした。

そして私に後ろを見てと指をさしたので、振り向くと周が立っていた。

「周先生、お疲れ様です」

千穂先生が挨拶するも、周は笑顔を見せない。

「二人で何話してたんだよ」

「え？　知りたいの？」

千穂先生が上目遣いで答える。

「どうせ俺の悪口でも言ってたんだろ？」

そう言うと、私の隣に座った。

「お弁当持ってきたの」

すると千穂先生が預かっていたお弁当を周に差し出した。

「いつも悪いな」

「ううん。まだお仕事でしょ？　頑張ってね」

「ああ、ありがとう」

私たちの様子を、頬杖をつきながら無表情で見ていた千穂先生だったが……。

「あ～あ、やってられない。私は帰る」

「やってられないってなんだよ」

「今音月さんと何を話してたのか教えてあげようか。妊婦検診に同席してる周先生の顔はいつも口もとを緩ませてるって話をしてたのよ」

周は露骨に顔を歪ませた。

「そんな顔はしてない」

と否定するも……。

「自分じゃわからないかもしれないけど、結婚してからずっとそんな顔してますよ。今だってお弁当をもらった時の顔、おやつをもらって嬉しがる犬と変わんないよ」

「い、犬？」

二人のやりとりは漫才みたいで面白い。

でも周のこんな姿は千穂先生といる時にしか見ることはできない。

「じゃあ、私は帰るわね。音月さんまたね」

千穂先生は私に笑みを向け手を振った。

「はい、お疲れ様です」

そして周には
「じゃあ、あとはよろしくね」

ドヤ顔で伝票を差し出すとカフェをあとにした。

「全く……」

周が吐き捨てるようなため息を吐いた。

でも二人のやりとりを見て羨ましいと思った。
思ったことを口に出せる関係……周は優しい。
初めて告白した時、私に背を向けた桜沢先生の時とは違っていた。
私たちの関係は結婚して大きく変わった。
妊娠して、この子の誕生を楽しみにしている。
だけど心を開いているかというと、それは変わっていないような気がする。
少なくとも私は彼に自分の本心を話していない。
だって話せば彼の本心を知ることになる。
それが怖くて、私はあえて触れようとしない。
私たちはいつになれば本物の夫婦になれるのだろう。
そしてこの不安はいつまで続くのだろう。

13　離婚しないか？

「よっこらしょ」

臨月に入った私のお腹はさらに大きくなり、「よっこらしょ」が最近の口癖になっている。

立ったり、座ったり、洗濯したり、何かを取る時も大変になってきた。

とはいえ母子ともに健康と、千穂先生からお墨付きをもらっている。

今はこれからやってくるお産に向けて呼吸法の練習をしている。

でも実際に出産を迎えたら、マニュアル通りの出産ができるのか不安だ。

この子を無事出産するためにも体力をつけようと思い、天気のいい日は近くの公園へ散歩に出かけることを日課にしている。

もちろん、無理せず適度に休憩をとりながらだ。

そういえば胎動。

あれだけ力強く蹴っていたお腹の子だけど、最近少し静かになった。

もう少しでこの子と会えると思うとドキドキとワクワク、そして不安といろんな思いが混ざり合う。

そんなことを考えながらベンチに座っていると、前から若い夫婦らしき人が歩いてきた。

天気がいいからなのか、男性の両手には大きなバスケットとバッグ。

女性はベビーカーを押し、二人仲良く歩いている。

途中で、赤ちゃんが泣きだしたため、二人はベビーカーを止めた。

お母さんが子供を抱っこすると、お父さんは荷物を持ちながらも子供をあやす。

お父さんのあやし方が上手なのか、赤ちゃんはすぐに機嫌を直し笑顔を見せている。

そんな光景を遠くから見ていた私は、彼らに自分たちの姿を重ねていた。

きっと周もあのお父さんのように赤ちゃんを溺愛するのだろう。

だが同時に、その生活がいつまで続くのだろうという不安も抱えている。

最初に結んだ約束は一年後に離婚。

もしそうなったら、この子が生まれて二ヶ月弱でお別れとなる。

でも私たちの関係はとても良好だ。

これまで一度も一年後のことを話し合ったことも、話題にしたこともなかった。

だからこのままずっと一緒にいられるのではという淡い夢を抱いている。

どうかこのまま周と、これから生まれてくる子供と一緒にいさせてほしい。

「いつ生まれてきてもおかしくないほど立派なお腹になったね」

久しぶりにプリムローズに顔を出すと、先輩が私のお腹を触った。

「はい。お腹ってこんなに大きくなるんだって私自身驚いてます」

「じゃあその感じだと、もうそろそろ？」

「予定日はちょうど一週間後なんで」

「じゃあ、いよいよじゃない。ベビーとのご対面は」

先輩は自分のことのようにワクワクしている。

するとオーナーの澤田さんが作業場からアレンジメントを持って出てきた。

「あら～。音月ちゃんいらっしゃい」

「おじゃましてます」

澤田さんはアレンジメントをカウンターに置くと、先輩と同じように私のお腹を触った。

「いよいよじゃない？　いつ生まれてもおかしくないって感じ」

「そうなんです。嬉しいけど緊張します」

お産ってすごく痛いっていうイメージがある。

今は無痛分娩とかあるけど、私は自然分娩を選んだ。

どちらかというと痛みには弱いタイプなので、それが不安なのだ。

だけど出産経験者はみんな同じ痛みを経験している。

それに……、

「イケメンなご主人は立ち会うんでしょ？」

「……はい」

周が出産に立ち会ってくれるから、心強い。

そういえばこんなことがあった。

安定期に入った頃、立ち会いを希望する場合パパママ教室に参加して欲しいと言われた。

「立ち会う。教室も参加する」

私と千穂先生、それと近くにいた看護師は、即答した周に驚いていた。

「先生がパパママ教室に参加して大丈夫でしょうか」

看護師が千穂先生に尋ねた。

普通なら、こんなやりとりなどないのだけれど、周の場合は特別だった。

「ちょっと、待ってよ。俺は参加しちゃいけないのか？」

周は千穂先生と看護師の反応に驚いていた。

私も彼女がどうしてそんなことを言うのかわからなかったが……。

「そういうわけじゃないんだけどね」

千穂先生が言葉を濁す。

「俺が参加したら不都合でもあるのか？」

千穂先生は看護師に説明してと目で合図を送った。

看護師が言うには……。パパママ教室は、これから出産を迎える夫婦を対象に、出産までの過ごし方や、生まれてくる赤ちゃんをお迎えする準備、子育てについての講義をする。また赤ちゃんの人形を使って沐浴などを体験するのだが……。

「先生が参加することで、講義に集中できない方がいるかもしれないってことですよ」

「え？」

周の口角が片方だけ上がった。

「ですから先生がいらっしゃると講義の妨げになる可能性があるんですよ」

「俺が参加することが講義の妨げ？」

私にはその意味がわかったが、当の本人は全くわかっていない。

すると黙っていた千穂先生が露骨にため息をついた。

「こんなこと言いたくないけど……イケメンすぎるからってことよ」

投げやりな言い方は千穂先生だからできることだけど、それでも周は納得していない様子。

「そんなことを言われても困る。俺は絶対に出産に立ち会うからその教室の日程を教えてくれ。なんなら人数の少ない時でもかまわない」

まさか自分の容姿で参加を渋られるとは、思いもしなかったのだろう。

周は納得いかない様子で、顔を背けるように大きなため息を吐いた。

看護師は日程表を差し出すと、

「先生のご都合もございますので、参加できそうな日があれば電話をください。できれば早めに」

と言って現在参加人数の少ない日に赤丸をつけ、それを周に渡した。

それからしばらく経って私たちは、パパママ教室に参加した。

西桜沢総合病院では助産師によるパパママ教室を行っている。

周が教室に入ると、案の定参加するプレママさんたちの視線を一斉に浴びることになった。

「千穂先生たちの言う通りだったね」

「……」

図星だからなのか、周は不機嫌そうに一番後ろの席に座った。

講義を受ける分にはよかったんだけど……。

妊婦体験をする時のことだった。男性が専用ジャケットを着用するのだが、周りの男性陣は恥ずかしいのか率先して着ようとしない。

「……嫌な予感がする」

小さな声で周がつぶやいたその時だった。

「申し訳ございませんが、ジャケットを着ていただく方をこちらで指名させていただきますね……そこの一番後ろの席の方にお願いします」

嫌な予感というのはこのことだったんだ。

周は、口を尖らせ露骨に嫌な顔をした。

——意外。周でもこんな顔をするんだ。

本人に言ったらきっと怒られるかもしれないけど、可愛いと思ってしまった。

周は、席を立ちながら、

「一番が嫌なだけ。でも音月の大変さはすごく知りたいから行ってくるよ」

と言って助産師の前へ。

妊婦ジャケットを着用した周。

見た目のことは置いておくとして、周は七キロほどのおもりのついたジャケットを着用しその重さに驚いていた。

「これは、きついですね。でもこれはあくまで擬似的なものですよね。実際には赤ちゃんがいるわけですから、この状態で起きたり立ったりするのは大変だと思います。僕は代わってあげられないので妻には本当に感謝しかないですね」

この感想に私はもちろんのこと、他のプレママさんたちの目はハートになっていた。

そしてご主人たちの背中を押すように体験を促す。

そのあとは人形を使っての沐浴体験。助産師さんは慣れた手つきで上手に沐浴をしているが、私を含めみんなかなり苦戦している。

「きゃっ」

誰かの小さな悲鳴に振り向くと、ツルッと手が滑って人形を浴槽にぼちゃんと落としてしまったらしい。首の据わっていない赤ちゃんはしっかりと手で支えてあげないといけないのだけれど、うまくいかなくてみんな、悪戦苦闘。

そんな中、周も率先して沐浴にチャレンジしたが、こういう時も視線を浴びてしまう。そのあとも周は真剣にメモを取り、積極的に質問をしながら誰よりも真剣に講義を受けていた。

帰り際、隣の席にいた女性に、

「本当に素敵な旦那さんで羨ましい」

と言われた。

だけど周はその言葉を聞き逃さなかった。

「当たり前だよ。子育ては一人でするものじゃないんだからね」

そう言って私の頭を撫でた。私は彼のその言葉に胸がきゅんとした。

そして私たちはこの先も一緒にいられるのだと感じた。


「音月ちゃんの旦那様はきっとイクメンになるんじゃない？」

「でも外科医でしょ？　どうするの？　さあこれから出産ですって時に緊急オペとかが入ったら」

先輩が冗談めかして尋ねた。でもそういう可能性が全くないとは言い切れない。

「そうなった時はやっぱり命の方が大事ですし、彼にはそっちを優先して欲しいけど
……正直その時になってみないことにはわからないです」

「確かにそうね……変な質問してごめんね」

先輩が手を合わせて謝った。

「いえ、医者の妻なんで本当は患者を優先してと断言すべきなんでしょうけど……」

「大丈夫よ。そんなことより今は元気な赤ちゃんを産むことだけを考えなさい」

私は澤田さんの言葉に大きく頷いた。

するとポケットの中のスマートフォンがブルっと震えた。

取り出すと周からのメールだった。

《今どこ?》

プリムローズにいると返信すると、わかったとだけ返事が来た。

時計をみるともう十七時を過ぎていた。

ここにいるとついおしゃべりに夢中になって思った以上に長居してしまう。

私は本来の目的である家に飾るお花を買った。

「そろそろ帰ります」

「次に来る時は、ベビーと一緒かな？」

「そうだといいですね。では」

一礼して店を出た。そして駅近くの横断歩道で信号待ちをしている時だった。

「音月！」

聞き覚えのある声に振り向くと、

「朔兄？」

大きなスーツケースを押しながら朔兄がやってきた。

「久しぶり」

「うん……久しぶり」

朔兄とは病院のベンチで再会して以来だ。

でもどうして？　偶然とはいえ、突然現れた朔兄に驚きを隠せなかった。

朔兄はというと、私の大きくなったお腹を見て驚いている様子。

「これまた随分大きくなったな」

「うん。臨月なの」

「……そうか」

「それより朔兄はどこかに行っていたの？」

「仕事で半年ほど海外に」

「そうなんだ」

朔兄にはお断りの電話をして以来会っていない。

まさか海外にいたとは……。

「ところで今時間ある？　大事な話があるんだ」

「時間？」

周が帰ってくると連絡があったから、正直早く帰りたい。

でも大事な話と言われるとそれはそれで気になる。

「妊婦さんだしそんなに時間は取らせない」

とはいえ、どこかのお店に入って二人きりというのは抵抗がある。

「公園でもいい？」

「……ああ」

私たちは道路を挟んだ向かい側にある公園へ移動した。

周の帰宅時間も気になっていた私は、ベンチに座るとすぐに用件を尋ねる。

「朔兄、話って何？」

「……まだ例の旦那と一緒なんだよな」

「ええ、もちろん」

「俺、どうしても納得できないんだ」

「それって妊娠のこと？　でもあれから彼には全て話したし、すごく協力的よ？」

朔兄は黙っている。

電話でもちゃんと断ったけど、朔兄は納得していないように見えたので、私は話を続けた。

「私はとても幸せよ。大好きな人と一緒にいられて、赤ちゃんまで授かったんだもん。これ以上の贅沢は――」

「わかってる。わかっているけど……俺は心配なんだ」

その言葉に私はドキッとした。

「大丈夫よ。私は今幸せなの」

「でもあの時音月が妊娠の事を自分の夫に話せなかったのは、それなりの理由があったからだろ？」

「そ、それは――」

朔兄は私と周が離婚を前提とした結婚をしたことを知らないはず。

だけど、あの時の私の心の状態をわかっていた。

もしかすると私たちが普通の結婚をしていないことに気づいている？

いや、このことは私たち以外誰も知らないこと。

「もう一度考えてくれ。愛しているんだ。音月のことを」

突然、朔兄に抱きしめられ持っていた花が地面に落ちた。

でも拾う余裕などなかった。

「朔兄……離して」

だけど朔兄は離そうとしない。

「諦めようと何度も思った。だけど音月と再会して運命を感じた。そう思ったらどうしても……」

私は力一杯、朔兄から離れた。そして距離をおくと深く頭を下げた。

「ごめんなさい。私は彼を愛してるの。この気持ちが変わることはない」

たとえ約束の期限がきて離婚することになっても、他の人を好きになることはない。

周は私にたくさんの思い出をくれた。

結婚して臨月に入ったこの日まで、本当に大切にしてくれた。

もし別れがくるとしても、私にとって彼はこの先もずっと私の夫だ。

「俺の入る余地は一ミリもないのか？」

私は「うん」と小さく頷いた。

「そうか」

朔兄ははーっと大きな息を吐くと、落ちてしまった花を拾い上げた。

「大事な花を落とすようなことをして悪かった」

私は黙って花を受け取る。

「多分もう会うことはないだろうな」

「朔兄」

「お前はずっと俺のことを朔兄って呼んでたな。一度も朔也とは呼んでくれなかった時点で気づけよだよな。俺は兄以上にはなれないのに……」

「ごめんなさい」

「もう謝るな。同じ人に二度も振られるとか……そんなにメンタル強くないし」

私も同じ人に二度振られているようなものだ。

それでも私は周が好きだし、彼以外の男性を好きになることはないと断言できる。

「じゃあ、俺帰るわ」

私は朔兄の姿が見えなくなるまで頭を下げた。

そしてふと時計を見てびっくりした。もう周が帰ってきてる時間だ。

私は駅へ向かった。最寄りの駅近くのスーパーで買い物をして急いで家へと向かう。

すでに周は帰宅していた。

「周、遅くなってごめんなさい。今夕飯の支度を――」

するとエプロン姿の周が玄関にやってきた。

「おかえり」

「た、ただいま。どうしたの？」

「荷物貸して。重いだろ？」

「う、うん」

どうしたんだろう。

なんか変。どこが変と言葉にするのは難しいけど……いつもの周ではないと感じた。

もちろん優しいのは普段通り変わりないのだけれど……。

ダイニングテーブルの上には出来上がった料理が並んでいた。

「作ってくれたの？」

「ああ、冷めないうちに食べよう」

「う、うん。ちょっと待って」

買ってきた花をとりあえずそのまま大きな花瓶に入れて椅子に座った。

チキンの香草焼き、生ハムの入ったサラダ、ブロッコリーとエビのミニグラタン。そしてコンソメスープ。

まるでお店で食べるような美味しさに私のほっぺたは落ちそうだった。

「周は本当に料理が上手だよね。絶対私より上手」

「そんなことないよ。俺は音月の作る和食がすごく好きだし、あそこまでのものは作れない」

「そんなことないよ」

こうやって二人きりで食べる食事はもう残り少なくなるのだと思うと、ちょっと寂しい。

でもこれからは家族三人で……。

「音月、話があるんだ」

周が突然、改まるように姿勢を正し、私をまっすぐ見た。

「何？」

「俺たち離婚しないか」

「え？」

14 愛しているからさよならを

仕事を終え詰所に行こうとすると、病棟の入り口付近で、ボランティアの方が花を飾っていた。

——そういえば今日は、自分の勤めていた花屋に行くと彼女は言っていたな。

俺はスマートフォンを取り出すと、彼女に今どこにいるのかとメールをした。

《プリムローズにいる》

とすぐに返事が届いた。

臨月だし、電車でもみくちゃにでもなったら大変だ。

タクシーで帰るようにと返信しようかと思ったがやめた。

明日は休みだし迎えに行って、そのついでに買い物をして帰ろう。

二人だけで買い物をするのも食事をするのもあとわずか。

来週には待望の赤ちゃんが生まれ、我が家は賑やかになる。

こんなことなら適当な理由をつけてもっと旅行に行けばよかった。

いや、子供を母親たちに頼んで二人でゆっくりするのもいいな。

母が言うには、孫がいつでも遊びに来られるように、俺の使っていた部屋を孫の部屋に変えたということだ。

子供が生まれたら孫煩悩になるのは目に見えている。

でも人のことは言えないかもしれない。

音月との間にできた子供だ。

女の子なら絶対に嫁になんか出したくないと思うだろう。

そういえば新婚旅行もお預けだった。

結婚する時に新婚旅行はしないということだったが、状況は変わってきた。

最初は一年で離婚なんて言っていたが、子供が生まれた時点で無効だ。

そういえばまだ子供の名前も決めていなかった。

性別も生まれてからのお楽しみなんだけど、とにかく俺は今幸せすぎて怖いぐらいだ。

一週間後が出産予定日で、とにかく待ち遠しい。

そうこう考えているうちに、音月の勤めていた店の近くまで来た。

コインパーキングに車を停め、店へ向かった。

音月には迎えに行くとは言っていないが、びっくりするかな。

店へ向かう途中で、ちょうどタイミングよく音月が前から歩いてきた。

その時。

俺じゃない誰かが彼女に声をかけた。

しかもその人は、俺の数メートル先を歩いていたスーツケースの男性だった。俺は咄嗟に人込みに紛れるように隠れた。

まさか……思いつく人物はただ一人。

病院の中庭で音月と会っていた男性。彼に違いないと思った。

音月がどんな表情なのか、俺の位置からは見えない。

男は早歩きで音月の元へ近づき、俺は逆に足を止めた。

一体何を話しているのだろう。

単に偶然見かけた？　いや、偶然なわけがない。

もしかして待ち合わせをしていたのか？

疑いたくない、音月を信じたい。

そう思いたいのに、思えない気持ちに焦る。

二人は立ち話をしていたが、突然歩きだした。

そして横断歩道を渡って店の真向かいにある大きな公園へと入っていった。

気になった俺は、次の信号が青になるまで待った。

信号が青になると、焦る気持ちを必死に抑え音月たちを探す。

公園の中の噴水の近くのベンチ前で二人を見つけると、俺は二人の視界に入らない場所へ移動した。

俺の立つ位置から見えるのは真剣な表情の男性で、音月の表情はこちらから見えない。

病院でも男性の顔は見られたが、今俺の立っている場所からはさらによく見えた。

長身で細身のイケメンで、年齢は俺より若く見える。

音月が離婚を前提にした結婚を決めたそもそもの理由が、あの男性とのことだったら俺はどうしたらいいんだ。

いや、まだそうとは決まったわけじゃない。

うやむやにしておくとどこかで爆発してしまうかもしれない。

音月は出産も控えているわけだし、今後のためにも一度互いの気持ちを確かめる必要があるのかもしれないと思っていた時だった。

男性と音月が抱き合っているのを目撃してしまった。

遠くて会話はわからないが、彼は間違いなく音月のことが好きだ。

じゃなきゃあんな愛おしそうな顔はしない。

しかも音月は男から離れる気配がない。

俺には好きな人はいないと言っていたが、そもそもそれが嘘で、音月はあの男性と一緒になりたくて離婚前提の結婚を望んだのかもしれない。

二人の体が離れると、音月は頭を深く下げた。

そして男性は苦しそうに唇を噛み締めている。

もしかすると、妊娠したことで二人が一緒になれる可能性が低くなったということなのか？

彼は落ちてしまった花を音月に渡した。

それからしばらく話をしていたようだったが、やがて男性は名残惜しそうに去っていった。

音月はしばらく立ちつくしていた。

一体俺はどうしたらいいんだ。

俺はもうすぐ子供が産まれると一人で有頂天になっていたのか？

いや、そんなことはない。

音月も子供の誕生を心待ちにしている。

でも妊娠した時に俺に黙っていたのは、やはり自分が望んだものではなかったからだったのでは？

そもそも俺は一年という時間があったにもかかわらず、彼女の気持ちを聞かなかった。

いや、知るのが怖くて避けていた。

そして彼女のことを深く知ることを恐れていた。

その結果がこれだ。

一人マンションに着くと、大きなため息を吐く。

結局あの提案をのむしかないのかもしれない。

子供が生まれたら、俺はきっとどっちも手放せなくなる。

その前に決断しなくちゃいけない。

きっと音月は何も言わなかったのではなく、言えなかったのかもしれない。

今が幸せだからと一番肝心な問題から目を逸らした結果、結局最後の最後にそのツケが回ってきたのかもしれない。

俺がしてやれることは別れる以外ないのかもしれない。

元々俺のことなどなんとも思っていなかったのだろう。

いや、むしろトラウマになっているのかもしれない。六年前に彼女を傷つけてしまったのは俺なのだから……。

そうとなれば彼女を俺から解放してあげよう。

でもその前に……。

ソファから立ち上がると、キッチンに入った。

冷蔵庫の中にあるもので何か作れないかと探す。

鶏肉もあるし、新鮮な野菜もある。冷凍庫にはエビも入っている。

俺は早速調理を開始した。

なんで料理をと思うかもしれないだろうけど。

彼女への感謝の気持ちというか、俺の未練なのかもしれない。

これが俺にとっての最後のプレゼント。

15　プロポーズ

「俺たち離婚しないか？」
私は自分の耳を疑った。
彼の口から離婚の二文字が出てきたからだ。
頭の中が真っ白になって、どうしたらいいのか混乱しそうになる。
正直、離婚を切り出されるなんて考えてもいなかった。
どうしてこのタイミングなの？
私が何か周を怒らせるようなことをした？
それに約束の期限はまだ二ヶ月も先なのに、早めた理由は？
急がなきゃいけない理由が周にあったの？
やっぱり周の中から、心に決めた人がいなくなることはなかったんだ。
私はどこかで安心していた。
周は優しくて、いつも私を助けてくれた。
仕事だって大変なのに家事も率先してやってくれた。

私はそんな彼の優しさに甘え、錯覚していたのかもしれない。
この結婚生活は永遠に続くと……。
いろんな疑問や迷い、不安は常に付きまとっていた。
だけど私はそれを周にぶつけたことは一度もなかった。
周を失いたくなかったから。
初めて桜沢先生として出会った時よりもその思いは強くなっていた。
そんないろんな思いを胸に抱えながら、振り絞るようにやっと出た言葉は、
「なんで？」
というたった三文字だった。
「元々そういう契約だっただろ？」
周の顔はいつになく穏やかで、今の私には余計に苦しい。
もっと冷たくして、もっと睨んで欲しかった。
そしたら私は気持ちを殺して離婚しましょうって笑って言えるのに。
それでも周から離れたくない思いの方が強いのだ。
「でももうすぐ赤ちゃんが産まれるのよ？　約束の期限だってまだ二ヶ月先よ」
私が離婚を渋っているように思われるかもしれない。

だけどそれでもかまわない。だってそれが私の本心なのだから。

「だからだよ」

「え？」

「生まれたあとじゃ別れにくいだろ？」

それはどういう意味なの？

あなたが別れにくくなるのか、それとも私が別れにくくなるという意味なの？

あんなに誰よりもこの子の誕生を願っていたじゃない。

一緒にお腹の子の成長を見守ってきたじゃない。

パパママ教室で妊婦ジャケットを着て、私を気遣ってくれたじゃない。

こんなにいらないよと言っても、ネットでの評判がいいからってベビー用品をたくさん買ったじゃない。

ベビーベッドの位置だって誰よりも真剣に考えていたじゃない。

そんなあなたがどうしてこんなこと言うの？

誰よりもこの子の誕生を心待ちにしていたじゃない。

だけどこの思いも今は口にすることができない。

もう一人の私が、一年で別れるって言いだしたのは自分じゃない、だったら最後まで嘘をつき通しなさいよと言っているから。

下を向き、溢れそうになる涙を必死に堪える。

だが何も言わない私に周は、

「お互い本当に進むべき道を進むのがいいんだ」

と、まるで最後通告のように言い放った。

私の進むべき道に周はいないの？

周の進むべき道に私はいないの？

ここまで言い切られたらもう、頷くしかないじゃない。

私は心を鎮めるように深呼吸をすると、顔を上げた。

「わかりました」

今までで最高の笑顔をと顔を上げた。

だけど自分の口から別れましょうの言葉は言えなかった。

今までのいろんな思いが込み上げてきて、唇は震え、目頭は熱くなり、スイッチが入ったように涙がぼろぼろと流れる。

「音月？」

周の顔も涙で見えない。

この涙は関係ない。そう言いたいのに口を開いたら本音を口にしそうで、唇を固く閉じる。

「どうしてそんなに涙が出るんだ？　それは嬉し涙なのか？」

周の顔は見えない。

彼の言葉が私の心を深くえぐった
嬉しいわけがない。

どうしてそんなことを言うの？

私は首を横に何度も振った。

――違う、違う。

私は同じ人に何度振られたらいいのだろう。

好きな人に振り向いてもらえないことがどれほど辛く苦しいのかわかっているのに、それでも私は嫌いになれない。

周に何度嫌われても、好きな気持ちはやめられない。

「好きなのは周だけだった」

言うつもりはなかったのに、口が勝手に動いていた。

「音月？」

周は聞き逃さなかった。

「迷惑をかけるつもりはないの。私がいることでこれ以上周に迷惑をかけられないから離婚は受け入れます。でもこの子にとってあなたは――」

父親だからと言おうとしたのに、周が椅子から立ち上がり、私の隣の椅子に座って手を取ったのだ。

「それは俺の方だ。俺が君のそばにいることで、君の幸せを奪いたくないと思って別れを切り出したんだ」

――私の幸せ？

「待って。私の幸せはここよ。周のそばにいられることが私の幸せなの」

「え？　ちょっと待ってくれ。君には好きな男性がいるんだろ？」

「え？」

何を言っているの？

「俺、見たんだよ。君が俺の知らない男と抱き合っているのを」

――え？　それって。

「まさか、公園で？」

周は頷いた。

「違うの。なんていえばいいのかな……でもあの人は違うの」

まさか朔兄と一緒にいたのを周に見られていたなんて。

「じゃあ、あの男は誰？」

「おさななじみで、兄のように慕っていた人。でももう随分会ってなくて、病院で何年かぶりに再会したの……」

だけど周の表情は硬いままだ。

私は誤解を解くように周に話をした。

まだ妊娠を周に話すことができなかった時に朔兄と再会したこと。

その時に私が結婚しているのをわかっていながら好きだと言われた。

「もちろんすぐにお断りした。私は兄以上の感情は持っていなかったから」

「じゃあ、さっきのは？」

「お店から帰る時に偶然朔兄と会って、大事な話があるからと……でも結婚している身で二人きりでお茶というのも周に悪いと思って、あえて公園で話をすることに……」

「俺は君を迎えに行く途中で二人の姿をみたんだ……」

「再度告白されたの。でも私ははっきり言った。私には周以外の人は考えられないから」

ど、どうしよう。

勢いで本音が出てしまった。

周を見ると目を丸くし驚いていた。

「ちょっと待ってくれ。じゃあ君は俺のことが嫌いで期限付きの結婚を提案したんじゃなかったのか？」

私は大きく頷いた。

「じゃあなぜ？ あんな大それた提案を？」

「お見合いの時に周が電話をしていたでしょ？ 私、偶然聞いてしまったの。心に決めている人がいるから結婚できないって。ショックだった。私はてっきり周は私のことをわかってて会ってくれると思ったの。でもそうじゃなかった」

周は否定するように首を横に振った。

「それは音月の勘違いだ」

「勘違い？」

「そうだ。確かに俺は心に決めている人がいると言った。でもそれは……音月、君のことだったんだ」

「え？」

私は一瞬で頭が真っ白になった。

だって彼は六年前に私を振っている。それなのになぜ？

「私のこと嫌いだったんじゃないの？　そういうのは困るって……」

するとが周は項垂れ肩をガクッと落とした。

「あの頃は恋愛よりも仕事を優先にしたいと思っていた。そんな矢先の告白で、すごく嬉しかったし君に好意を持っていたのは確かだけど、なんで今なんだって思いがあって咄嗟にそういうのは困るって言ってしまったんだ。でもすぐに君を振ったことを後悔した」

じゃああの時私たちは両思いだったってこと？

「君に無視されたことはかなり堪えたよ。だから次に会った時に本当の気持ちを伝えようとしたんだけど、急に他所《よそ》の病院への出向が決まって」

私たちは本当にすごい遠回りをしたんだ。

「本当にすまなかった。俺は君を深く傷つけてしまったんだね」

「傷つきました。あれが私にとって初恋だったし……でも私の初恋はしぶとくてどうしても諦められなかった。そしたらあなたとの縁談がきて、私すぐに縁談をお受けするって言ったの」

「じゃああんな提案をしたのは、俺が心に決めた人と一緒になれるように音月が考えたんだね」

「……はい」

すると周は、あ〜と言いながら顔を両手で覆った。

「お互いに思い合っていたのにとんだ遠回りをしていたんだ。じゃあ妊娠したことを言えなかったのは……」

「私が妊娠したら、周が好きな人と一緒になれなくなると思ってなかなか言えなかったの」

「でも実際に俺は心に決めた人と結婚して、赤ちゃんまでできた」

「本当に、周の思っていた人は私だったの？」

「俺は君が織田音月だって知った瞬間、離婚なんで阻止してやるって考えていた。君のおさななじみが現れるまではね」

周の告白に張り詰めていた緊張の糸がプツリと切れ、肩をガクッと落とす。

「私たち本当に両思いだったの？」

「ああ」

私も愕然としたが、それは周も同じだった。

ただただ衝撃の事実に、まだ頭がついていかなかった。

「音月」

そう切り出したのは周だった。

「はい」

「さっきの撤回」

「え？」

「俺たちが離婚する理由はなくなったんだから、撤回でいいよね」

「はい」

縁談の話がきてからこれまでの間、これでもかというほど悩んだ。

結婚のことも、離婚も。

そして妊娠。

周にどう報告したらいいのか何ヶ月も悩んだ末、思わぬ形でバレてしまった。

でもその全てはなるべくしてなった。

このことがあったからこそ、お互いの気持ちを知ることができたんだと思う。

本当によかった。

「これで心置きなくこの子を産める。この先も周とずっとずっと一緒にいられるのね」

口に出したことでやっと実感がじわじわと湧いてきた。

と同時に、さっきまでの悲しい涙が嬉しい涙に変わった。

「おいおい、そんなに涙こぼして」

周が私の涙を手で拭ってくれた。

「だって、この先も周と一緒にいられると思ったら嬉しくて」

すると周の手が伸びてきて私を優しく抱きしめた。

「ごめん。不安だったよな」

「私こそ、あんなとんでもないこと言いだして」

周が私の背中を労るようにさする。

それがとても心地よくて、満たされた気持ちになる。

「周」

「何?」

「私が辛かったのは、周に好きって言いたくても言えなかったこと。心の中では周への気持ちで溢れてるのにどこにも出せなくて、そのことが苦しくて苦しくて」

「俺も同じ気持ちだったよ。この一年でなんとか音月の気持ちを俺に向けさせたくて必死だった。好きだって言いたくても拒絶されるのが怖くて……」

今度は私が周の背中に手を回した。

「周が好き」

「音月……」

「周が好き、大好き、好きで好きでたまらない」

今まで口にしたくてもできなかった思いが溢れる。

「俺も好きだ。大好きで、誰にも渡したくないほど好きだ」

ずっと聞きたかった、
欲しかった言葉をもらえたことが嬉しくってまた泣いてしまった。

「全く……そんなに泣いてばかりいるとお腹の子がびっくりするぞ」

「そうだね……びっくり……んんっ？」

あれ、なんか本当に赤ちゃんがびっくりしたかもしれない。

「音月、どうした？」

周は体を離すと、私の顔を覗き込んだ。

「だ、大丈夫。ちょっとお腹が痛くなったけど。ほら私泣きすぎたから周の言う通りびっくりしたのかな？」

だけど周の顔は一気に医者の顔に。

「痛みはまだあるのか？」

「ううん。治った。大丈夫よ」

「いや、もしかするとまた痛みがくるかもしれないからちょっとここで座っててくれ」

「う、うん……でも予定日は――」

まだ一週間あると言おうとしたが、周は寝室の方へ。

私的には片思い期間を耐え抜いたご褒美的に、もっとハグしてほしかったけど、赤ちゃんのためにも周の言われた通りにした。

「音月」

「な、何？」

「これお産セット」

周が持ってきたのは、出産の時に必要なものが一式入ったバッグだった。

「周、気が早いよ。さっきのは気のせい。予定日は一週間後っ……いたっ！」

え？　やっぱり周の言う通りとうとうその日が来た？

「もしかすると、もしかするかもな」

周の顔は嬉しそうだ。

でも私は嬉しいよりも不安の方が大きい。

すると周が私を抱きしめた。

「ごめんな。俺は代わってあげられないけど、そばにいるから」

片思い中の時に聞いていたら複雑だったけど、今はスッと心に入る。

両思いってこんなに私を幸せにしてくれるんだ。

「ありがとう。周がそばにいてくれたらお産頑張れるかもって痛っ！」

「もう少し様子見て痛みの間隔が短くなるようだったら、産科の病棟に連絡するか」

「うん」

私は周に寄りかかるようにソファに座り、陣痛というものと向き合っていた。

でもまさかこれが想像を絶する痛みだとは……。

それから数時間、私は断続的にくる痛みと戦っていた。

母親教室で習った呼吸法を、教わった通りに試してみるけど痛みが軽減することはなかった。というより痛すぎて余裕が全くない。

病院に着くと早速検査が始まった。

「うん、この分だと今日明日中に産まれるかな～」

千穂先生が超音波画像を見ながら説明をする。

「き、今日明日中ですか」

私はてっきり陣痛がきたら即生まれるものだと思っていたが、そうではないことを現在進行形で知る。

「そう、出産まではもうちょっとかな、本格的な陣痛はまだなようだし」

「ほ、本格的な陣痛？」

これよりもっとすごいのがくるっていうの？

無痛分娩という選択もあったが私はそれを拒んだ。

別れるかもしれない周との子供を産む喜びを全身で味わい、心と体に焼き付けたいと思って普通分娩を選択したんだけど、こんなに痛いなんて。

周は出産の不安を抱える私のそばを離れなかった。

腰が痛いと言えばさすってくれる。

だが痛みの間隔は時間とともに短くなってくる。

周の前で露骨に痛いというのは恥ずかしいから、痛みを堪えるもやっぱり痛いものは痛い。

そんな時だった。

周の仕事用のスマートフォンに電話がかかってきた。

周はそれを無視するように私の腰をさすってくれるが、マナーモードとはいっても私の方も気になる。

「周、私はいいから電話に出て」

「でも今は……」

わかってる。この電話は恐らく緊急の呼び出し。

電話に出れば嫌とは言えない。

そうなればいざ出産となった時、立ち会える可能性が低くなる。

でも誰よりも患者思いの周は、電話を無視するような人ではないことを私はわかっている。

それにやっと本物の夫婦になったんだもの。

それが何よりのお守りだから医師の妻らしくしないと。

「周にしかできないことなんじゃないの？　私は私にしかできないことを頑張るから」

「音月」

「早く電話に」

背中をさする周の手が止まり、周は陣痛室を出た。

「ごめん」

その直後また陣痛が襲う。

でもまだ間隔が長いので、歯を食いしばって一番楽な姿勢を探しながら痛みに耐えた。

「音月」

周が戻ってきた。

「悪い。病棟から連絡があって、俺が担当している患者の容態が急変したんだ」

「……はい」

「じゃあ行ってあげなきゃ」

だけど、周はまだ迷っているようだ。

もちろん周がそばにいてくれたらすごく心強いし、そのためにパパママ教室にも行った。

それは全て、今産まれようとしている私たちの赤ちゃんの誕生に一緒に立ち会うため。

とはいえ患者さんを見捨てるわけにはいかない。

それに私はそんな桜沢先生だから好きになった。

その気持ちは十九歳のあの時から変わってない。

「周、私は大丈夫。だから患者さんのところに早く行ってあげて。大丈夫よ。この子はパパが戻ってくるまで待ってるはずだから」

周は私のお腹に手を触れ、顔をお腹に近づけた。

「いいかい。パパが戻ってくるまでママのお腹にいるんだよ……じゃあママを頼む」

「頑張って」

陣痛室は私一人だけになった。

あんな大口叩いたけど、実際は寂しくて怖くて、痛い。

だけどそんな私の唯一の救いは、この先もずっと周と一緒にいれること。

それを考えたらこんな痛み耐えられると思った。

「うっ！　……いっ……たい」

とは言いつつも痛いものは痛い。

陣痛の間隔がさらに短くなりだした。

大変なのは私だけじゃない。

私の母も、育児を頑張っているお母さんたちだって同じ経験をしている。

みんなにできて私にできないことはないと自分に活を入れる。

それに周やここで働くみんなも頑張ってる。

その時だった。

勢いよく陣痛室に入ってきたのは私の母だった。

「音月！」

急いできたのだろう、息が荒い。

「お母さん」

「周侍くんから連絡もらったの。音月が一人で寂しがっていると思うからついてて欲しいって」

ここを離れる時に、周は私の母に連絡を入れてくれていたんだ。

「そうなんだ」

「で？　どうなの？」

「陣痛の間隔が確実に短くなってる。それにしても本当に痛いんだね。辛い」

母には本音で話せる。

「そうよ。でもそれは音月だけじゃないの。私だってそりゃ〜あなたを産む時は痛かったわよ～」

「やっぱり」

「でもね、不思議なことに痛みって忘れるのよ」

母の言っている意味がさっぱりわからない。

こんなに痛いのに痛みを忘れるってどうして？

「その顔は信じてないわね」

母は私の腰をさすりながら続けた。

「すごく痛くて苦しくて、そりゃあ人を産むって大変なことなんだけどね。産まれてしまうとどういうわけか、痛かったっていう記憶は残るけど痛みの中身は忘れちゃうの。それほど赤ちゃんとの対面は幸せに満たされるってこと」

「そうなんだ……いっ、いった～い」

それから二時間後、私は赤ちゃんと対面する時がきていよいよ分娩室へ。

私は助産師の指示に従って出産に臨んだ。

そしてなんともうすぐ赤ちゃんが産まれる数分前に、周がギリギリセーフで分娩室に入ってきた。

「患者さんは……大丈夫だった？」

周は私の手を強く握った。

「大丈夫、大丈夫。それより今は産むことに集中して」

――よかった。この子はちゃんとパパの言うことを守った。

助産師のアドバイスを聞きながらいきんだり、呼吸を整える。

「桜沢さん、赤ちゃんの頭が出てきたわよ。もう少し頑張りましょうね」

「……はい」

――もうすぐ会える。もうすぐ……。

そう思った次の瞬間、赤ちゃんの産声が聞こえた。

「おめでとうございます。女の子ですよ」

「お……女の子」

生まれたての子はテレビの出産シーンで見る赤ちゃんと全然違っていた。

でもこれだけはわかった。

この子の口や鼻は周に似ているってこと。

「音月……ありがとう」

「私の方こそありがとう」

母の言っていたことは本当だった。

産んだ時は痛かったけど、その痛みは日を追うごとに記憶から消えてしまうということ。


出産してから二ヶ月が経った。

育児は大変で、時々心が折れそうな時も正直ある。

だけど寝顔を見ているとそういう気持ちがスッとなくなるから不思議。

「かおちゃん、おむつ替えようね」

子供の名前は「薫《かおる》」と名付けた。

この名前を考えたのは周だ。

性別は生まれてからのお楽しみということで事前に知らされてなかった。

そのため周は、男の子が生まれても女の子が生まれてもいいような名前をすでに考えていたのだ。

そんな周は生後二ヶ月の娘にメロメロで、スマートフォンは娘の写真でいっぱいだ。

だけど、他にも意外な人物が薫にメロメロになっている。

それは私の義父だ。

私との関係が微妙だから、孫に対してどんな反応をするか不安もあったのだが、

「薫ちゃん。じいじだよ」

初めて聞く義父の甘ったるい声に驚いた。

でも薫が生まれたことで義父との関係がよくなった。

義父が薫に『じいじ』と言ったことで「お父さん」ではなく「おじいちゃん」と言えるようになった。

「かおちゃん、おじいちゃんがきてくれたよ」

今までは考えられないが自然と言えるようになったし、義父も私が「おじいちゃん」と呼んでも嫌な顔一つせず返事をしてくれるようになった。

「かおちゃんのおかげね」

母が義父の顔を見ながら私に話しかけてきた。

「うん。薫が私たちにたくさんの幸せを運んでくれたのかなって思ってる」

「お父さんのスマートフォンのホーム画面かおちゃんなのよ」

そう言った母の顔は本当に嬉しそうだった。

実は今日は、私たちにとって特別な日だった。

今日は私たちの結婚記念日であり、一年後に離婚という約束の期限でもあったのだ。

桜沢のお義母様が気を遣って、薫を見てくれるとおっしゃってくれたので私たちは久しぶりの外出、しかも周と二人きり。

そういえばデートらしいデートって数えるほどだった。

薫はお義母様と相性がとてもいい。

抱っこするとすぐに泣き止むのだ。

外出といってもせいぜい二時間程度。

周が場所は決めてあるというのでどこに行くのかはわからない。

質問しても彼はいつも秘密だと言って教えてくれないのだ。

そして車に乗って向かった先は……マクダーモンホテルだった。

どうしてここを選んだのか私にはわからない。

でも全てはここから始まった。

だからここにきたのは何か意味があってのことだろう。

「どうしてここにきたのかわかる？」

「わからない」

「始まりはここだったけど、俺はここからやり直したいんだ」

やり直すとはどういうことなのだろう。

あの時と同じ状況を作るってこと？

私たちはあの時と同じようにラウンジへ向かった。

一年前の私はいきなり遅刻したっけ。

すごく緊張しながらホテルに着くと、電話で好きな人がいると言っているのを聞き、お見合い前からほぼ振られていた。

それでも彼と少しでも長くいたくて、お断りされる前に先手を打った。

離婚前提で結婚しませんかっていうとんでもない逆プロポーズだった。

今思えば理由はどうあれ、かなりの上から目線だった。

だけどいろんなことを乗り越えながら私たちは今日という日を迎えた。

それにしても一体何をしにここへ来たのだろう。

「座って」

私たちは向かい合うように座りコーヒーをオーダーした。

「なんか不思議な感じ」

「君から離婚前提で逆プロポーズされるなんて思ってもいなかったし、縁談相手が織田音月のそっくりさんで正直驚いたよ。まさか同一人物だとは思ってもいなかったしね」

「あの時はなんかいろいろ考えちゃって、言葉が足りなかったね」

全ては二回も振られるのが怖かったから。

「それがあって今がある」

だけどやっぱり長い道のりだった。

「お待たせしました」

カフェインレスのコーヒーが届く。

「コーヒーで乾杯はないか」

「そうだね」

なんだか今までにない心地よい安心感がある。

今までのような先の見えない不安がないからだろう。

すると周が急に立ち上がった。

マクダーモンホテルは外資系で、宿泊客は外国人が多い。

ラウンジにいる人のほとんどが外国人だった。

そんな中、周が私の前でひざまずいた。

「周？」

周はしゃべらないでと唇に人差し指を当てた。

「ずっと君に言いたかった。愛してる。僕と本当の意味で結婚してください」

そしてポケットから出したジュエリーケースをパカッと開けた。

その中にはダイヤモンドの指輪が入っていた
それは正真正銘嘘のないプロポーズだった。

周りにいた人たちはこれがプロポーズだとすぐにわかったようで、私たちに注目が集まるのを感じた。

でも私の気持ちはもう指輪なんかなくたって決まっていた。

「周……私も愛してます」

ずっと言いたかった。

好きよりも重いけど何よりも甘い言葉……。

すると周りにいた人たちが、おめでとうと大きな拍手を送ってくれた。

私が立ち上がると周も立ち上がり、私の指にダイヤの指輪をはめてくれた。

こんな形でみんなに祝福されるなんて思ってもいなかった。

そして周は私との距離をさらに近づけると、唇を寄せてきた。

「周？　みんなが見てるよ」

流石にこんな人目のあるところでと躊躇したのだが……。

「周りはみんな外国人だよ」

そう言って私は唇を塞がれた。

さらに大きな歓声と拍手を浴びる私たち。

でも恥ずかしいよりも今は幸せの方が大きかった。

この一年があったから今がある。

長い道のりだったけど、私たちはやっと本物の夫婦になれた。

「ねえ、もう一回聞かせて」

「何度でも言ってあげる。愛してるよ音月」

END

あとがき

このたびは私の六作目となるこの作品をお手に取っていただきありがとうございました。

マーマレード文庫では今回が初めてのドクターものでした。

実はこのお話、ちょっとだけ私の実体験が含まれているんです。

若い頃に入院経験があり、その時の主治医がイケメン先生だったんです。

残念ながら私は主人公の音月のような恋愛はなかったし、恋心はありませんでした。

でもやっぱりイケメンの先生が回診に来ると、嬉しかったことを思い出します。

物語の中で先生が別の両院へ転院したことが書かれていますが、私の場合もそうでした。

引き継いだ先生はイケメン先生より随分年上で半年に一回の定期検診も楽しみがなくなりましたからね(笑)。

その頃はまだスマホなどない時代だったので、入院生活の楽しみは小説を読むことでした。

私は恋愛小説ばかり書いてますが、この時読んでいたのは池波正太郎先生の作品で時代ものばかり。

面白いエッセーとかも好きだったんですが、抜糸するまでは笑うと傷が痛くなるので読めなかったんです。

そんな感じで今回のお話は自分の実体験も含まれていたので、その頃のことを思い出しながら楽しく書けました。

ですが、今回も編集部の皆さんには大変ご迷惑をおかけしました。

毎回のことなんですが、とにかく書くのが遅い私。

スイッチが入るまでの時間はナマケモノと同じぐらい遅くて、みなさんをヤキモキさせてしまいました。

そんな私のテンションを上げてくれたのは素敵なイラストを担当してくださった乃斗ナツオ先生。ありがとうございました。

改めてこの作品に携わった皆さんありがとうございました。

特に担当さん、いつもわがままな私に根気よく付き合ってくれてありがとうございます。

マーマレード文庫

離婚覚悟の政略身ごもり婚

～敏腕外科医と再会したら、一途愛を注がれ赤ちゃんを授かりました～

2022年5月15日　第1刷発行　定価はカバーに表示してあります

著者　望月沙菜　©SANA MOCHIZUKI 2022
発行人　鈴木幸辰
発行所　株式会社ハーパーコリンズ・ジャパン
東京都千代田区大手町1-5-1
電話　03-6269-2883（営業）
0570-008091（読者サービス係）
印刷・製本　中央精版印刷株式会社

Printed in Japan ©K.K. HarperCollins Japan 2022
ISBN-978-4-596-70661-4

乱丁・落丁の本が万一ございましたら、購入された書店名を明記のうえ、小社読者サービス係宛にお送りください。送料小社負担にてお取り替えいたします。但し、古書店で購入したものについてはお取り替えできません。なお、文書、デザイン等も含めた本書の一部あるいは全部を無断で複写複製することは禁じられています。
※この作品はフィクションであり、実在の人物・団体・事件等とは関係ありません。

m a r m a l a d e b u n k o